UM GOLPE DE SORTE

REHA ÇAMUROGLU

UM GOLPE DE SORTE

Tradução
Marina Mariz

Sá
editora

Título original: *A Momentary Delay*

Capa
Utku Lomlu

Fechamento de capa
Mateus Reis

Preparação de texto
Margô Negro

Revisão
Marina Ruivo

Projeto Gráfico (miolo)
Eveline Albuquerque

Impressão
Graphium Gráfica e Editora

A tradução deste livro, que recebeu o apoio do
TEDA/Ministério da Cultura e do Turismo da República da Turquia,
foi feita a partir da tradução da língua inglesa.

Dados Internacionais de Catalogação na Publicação (CIP)
(Câmara Brasileira do Livro, SP, Brasil)

Çamuroglu, Reha
Um golpe de sorte / Reha Çamuroglu; tradução Marina Mariz. – Barueri : Sá Editora, 2011.

Título original: A momentary Delay
ISBN 978-85-88193-66-6

1. Romance turco I. Título.

11-04233 CDU – 894.35

Índices para catálogo sistemático:
1. Romance : Literatura turca 894.35

SÁ EDITORA
Tel./Fax: (11) 5051-9085 / 5052-9112
E-mail: atendimento@saeditora.com.br
www.saeditora.com.br

Um baque... fumaça... toda uma multidão
Por uma mão, feroz, maligna, rancorosa
Como num festival, levada de roldão
Fazendo chover sangue, ossos, cabeças...

Tevfik Fikret

Foi logo depois do Natal de 1904. Começo de janeiro. Mösyö Charles sentou na cama. Talvez por ser chamado de "mösyö", ou porque estivesse à beira de outro ataque de nervos, pegou um cigarro no criado-mudo e o acendeu com as mãos trêmulas de alguém morrendo de sede num deserto.

Seu maior feito nessa cidade, ou seja, Latifet, estava roncando alto a seu lado, o que não combinava em nada com suas costas nuas viradas para ele. Mösyö Charles olhou para a mulher com indiferença – o tipo de olhar que provavelmente a faria estremecer caso ela visse seus olhos agora. Depois, deu outra tragada.

Mesmo assim, pensou, *antes de a cidade ser conquistada, que fascinante foi arrastar uma muçulmana, especialmente uma muçulmana casada, para a cama. Algo com sabor de liberdade. Um desafio. Foi como dizer "eu não me importo com nenhum de vocês".*

Ele tinha se perguntado muitas vezes que tipo de mulher em Bruxelas lhe daria prazer semelhante. E decidira: só se ela pertencesse à família real...

Mas agora, ao se recostar no travesseiro inalando sofregamente a fumaça, sentiu novamente que nada disso importava mais.

Num impulso, afastou as cobertas e se levantou. Espreguiçou-se e depois olhou com expressão vazia para a luz fraca que tentava passar pela janela. Sentiu frio, apesar da salamandra. "Latifet", ele falou em voz baixa e hesitante. Como ela não respondesse, ele chamou um pouco mais alto: "Latifet!"

As cobertas se mexeram e deixaram à vista o cabelo preto como piche e os olhos azuis sonolentos. Uma voz áspera que lembrava voz de homem disse: "O que foi, Jorris?"

– Vamos, levante-se, faça café para nós.

Quando Charles disse estas palavras com uma pronúncia turca que parecia que as palavras caíam ao chão, não apenas a voz, mas seu corpo inteiro deu a ordem à mulher.

Latifet sentou-se com grande dificuldade e imediatamente tateou à procura do robe. Convencida de que o comando fazia parte do jogo da luxúria, ela sorriu com ar maroto e foi para a cozinha.

– Ei, qual é o problema agora? – ela perguntou do outro cômodo, elevando a voz para que ele conseguisse ouvir. – Você caía no sono imediatamente após você sabe o quê, mas percebi que nos últimos dois meses não faz mais isso. Você está me escondendo alguma coisa.

Quando as palavras dela o alcançaram como um vento distante, Charles já tinha se vestido e olhava pela janela. "Após você sabe o quê", ele murmurou. Depois disse:

– Diga! Depois de quê? Ora, Latifet, o que posso dizer? Por onde começo?

E pela primeira vez no dia ele sorriu.

Latifet trouxe o café não em xícaras pequenas, mas nas maiores, de chá. Era um hábito dela. Charles se acomodou em uma cadeira, com ar sério e orgulhoso, observando sua escrava, sua "concubina". Ele sentira esse orgulho pela primeira vez quando Latifet tinha dito: "Entendi! Quer saber como é um homem turco, quer que eu lhe ensine!". Charles sabia que essa parceira era inteligente. Se começasse a contar para ela tudo sobre a época em que ele tinha dezoito anos, ou seja, onze anos atrás, enquanto eles bebericavam o café, sabia que ela o compreenderia de cara, embora pudesse se surpreender de início. E a "compreensão" dela não seria igual ao modo como Anna ou Hristofor o compreendiam. Latifet entenderia exatamente. E, imediatamente depois, ela viria com sugestões relativas a soluções. Ou faria perguntas e diria coisas como "Eu tenho tal e tal parente", ou "O que você ganha com isso?". *Por outro lado, tais sugestões ou perguntas poderiam ser úteis para um turco, não para mim,* pensou Charles.

– Você está perdido nos seus pensamentos – disse Latifet dando um gole no café.

De repente ela parecia um pardalzinho frágil.

– Acredite, não vale a pena se preocupar tanto – ela acrescentou. – Devia ser como meu nome[1]. Devia ser mais relaxado. O inferno está à nossa espera de boca aberta. Por que transformar este mundo também num inferno?

Em tom calmo, tão tranquilo quanto um gato que não quer espantar o pardal, Charles disse:

– São pensamentos que sempre existiram, Latifet. Talvez há milhares de anos. Tenho certeza de que não mudaram em nada.

– Sim. Então, majestade, forme uma frase que ninguém tenha formado. Mösyö Charles.

---

1 O nome turco Latifet significa diversão, brincadeira e elogios.

Quando ela disse "mösyö", fez como todos os turcos, com bico nos lábios para encompridar o último "ö", como se estivesse vendo alguma coisa bem nojenta.

– Vou embora – disse Charles.

– Será a Anna? – Latifet disse. – Anna descobriu sobre nós?

– Não. Não tem nada a ver com isso. De onde você tirou essa ideia?

Charles não sabia se devia rir ou chorar. Ele se sentia estranho.

Vestiu o casaco grosso. Latifet lhe deu o chapéu-coco e passou as pontas dos dedos pelo seu bigode ralo. Charles se inclinou para um beijo curto, mas encontrou uma boca ávida.

Levantou a gola quando o frio úmido de janeiro o atacou na rua Kallavi e pôs as mãos nos bolsos. Sua mão direita encontrou uma coisa estranha que não combinava com um técnico da American Singer Company: o cano de madeira de um revólver. Agora ele podia respirar fundo. Tinha ficado como viera ao mundo, depois se vestido com esmero e finalmente encontrava seu bom amigo no bolso. Charles podia desafiar o mundo inteiro desde que estivesse vestindo seu casaco e tivesse o revólver no bolso.

A Cadde-i Kebir[2] já estava iluminada pelas lamparinas a óleo... Sim... Seu relógio de bolso Serkisoff mostrava dezenove e trinta. *Acho que gosto do distrito de Pera,* ele pensou. Depois lhe ocorreu que pensava a mesma coisa pelo menos uma vez por dia.

---

2 Cadde-i Kebir era o nome otomano da rua Istiklal, em Istambul. O nome atual foi dado a ela na segunda metade do século XIX. Depois das Reformas, muitos intelectuais otomanos, jovens da nobreza e pessoas abastadas passaram a adotar o estilo de vida ocidental. A Cadde-i Kebir tornou-se um centro importante com prédios luxuosos, lojas europeias, cafés etc.

Foi andando até a Doceira Toma. Isso se tornara um hábito. Sempre que visitava Latifet, sempre que sua boca encontrava a dela, depois ia até a Toma e comia um *kazandibi*[3] antes de voltar para casa. Ele queria que tudo o que fizesse tivesse um sentido consciente. Mas ainda não tinha encontrado explicação para esse hábito que adquirira.

Claro, havia outros lugares em Istambul mais semelhantes aos cafés dos anarquistas em Bruxelas do que a Doceira Toma. Contudo, Charles nunca gostara desses lugares que, em Bruxelas, eram frequentados por vagabundos e pobres, mas em Istambul eram considerados locais exóticos pelas classes mais altas e, honestamente, Charles os odiava. Isso nada tinha a ver com sua falta de dinheiro. Além do mais, nesta cidade até poderiam achar que ele estava bem financeiramente. Em apenas um mês ganhou mais do que ganhara a vida toda. E Anna dava aulas de francês. E já que eles não desperdiçavam dinheiro, começaram a encarar com descrença todo o dinheiro que poupavam. Comer um *kazandibi* três vezes por semana na Toma e deixar uma gorjeta quase igual ao custo do doce bastou para ele se transformar num cliente preferencial.

Mais uma vez, Charles saboreou seu *kazandibi*, deixou uma gorjeta e saiu para a Cadde-i Kebir. Ao caminhar em direção à rua Sofyali, onde morava, tinha mais uma coisa na cabeça cujo significado desconhecia. Uma coisa importante. E essa coisa, algo a que ele voltava toda tarde, ou melhor, toda noite, se chamava Anna.

Ele caminhava como se estivesse em Bruxelas, tentando descobrir se estava sendo seguido e, ao mesmo tempo, pensando em Anna, que era o centro de sua vida há oito anos.

3 Pudim turco de caramelo.

Eu não estou em Bruxelas, lembrava a si mesmo uma vez ou outra. Mas, ainda assim, as dúvidas e preocupações que tinham se tornado parte de sua vida desde a juventude viraram sua segunda pele. Portanto, ele nunca as esquecia, mesmo sendo o técnico-chefe da Singer Company.

E o circassiano Cevat Bey também sabia, por isso sempre que começava a seguir um suspeito ele se fazia invisível: virava um vendedor de *boza*[4] ou de rolinhos de gergelim, com ou sem barba. Hoje, era um vendedor de *boza* que dava passos apressados atrás de Charles, embora parecesse indiferente e lerdo.

•

Quando Charles destrancou a enorme porta de sua casa, o calor que saía de dentro parecia de um forno e o sufocou. Anna geralmente sentia frio e deixava o fogão sempre aceso, já que raramente saía de casa.

Charles não esperava ser recebido com palavras do tipo "Bem-vindo, meu amor!". Quando ele voltava para casa depois de comer o *kazandibi*, nunca era recebido com palavras tão doces. "Oi, Charles. Já voltou?", ou "Olá, Charles. Boa noite" normalmente eram as primeiras palavras da noite. Anna jamais atrasava sua programação diária: estando Charles em casa ou não, ela jantava pontualmente às seis horas. Se Charles chegasse às seis e trinta, ela perguntava: "Está com fome, querido?". Mas depois das sete, nem isso ela perguntava.

---

4 Bebida levemente fermentada feita de painço.

Charles tentou entabular uma conversa, dizendo:

– Como foi o seu dia?

Anna resumiu:

– Paylun e Rachel vieram ter aula hoje.

Depois fingiu estar imersa no livro que estava lendo.

– Lá vamos nós de novo – resmungou Charles.

Anna reagiu como uma gata brava:

– Vamos de novo o quê?

Charles ficou em silêncio. Foi Anna a quebrar o silêncio:

– O quê? "Lá vamos nós de novo" o quê, Charles?

Tentando soar o mais gentil possível, Charles disse:

– Nada. Nada, querida.

E ainda sentiu necessidade de repetir:

– Nada mesmo.

Fria como gelo, Anna falou:

– Ah, é? Não vamos recomeçar tudo de novo? Não vamos, não é?

E a voz dela ficou abafada antes que gritasse "Mentiroso!" e atirasse o livro grosso, que caiu no chão de tábua com um estrondo.

Charles agora estava curioso porque percebera que o confronto que estava para ter com sua esposa não tinha nada a ver com Latifet. Embora nenhuma se parecesse, houve algumas Latifets na vida dele, mas nunca tinham sido motivo de discussão. Charles pensava que tudo precisava de um começo, mas essa coisa de atirar livros era sinal de um problema muito maior que ele teria de enfrentar. Especialmente a palavra "mentiroso". Afundou na poltrona e conseguiu perguntar:

– O que está havendo, meu bem? O que você tem? O que eu fiz agora?

– O que você fez?! E ainda pergunta? Estamos morando nesta cidade estranha, entre pessoas estranhas, para que tudo recomece? Sabe o que está fazendo, Charles?

Acha que sou burra? Por que fugimos de Bruxelas, para começar? Charles! Responda!

Ele respondeu com muita dificuldade, mal conseguindo falar.

– Pelo nosso bem. Para podermos recomeçar do zero. Viemos para cá porque nada deu certo como pensamos que daria. Porque nos enganamos. E, acima de tudo, porque queríamos envelhecer juntos.

Ele teve o cuidado de usar frases que já tinham dito muitas vezes antes sobre coisas que tinham discutido em detalhes.

– Certo – disse Anna. – E acha que devo acreditar em você?

– Por que não acreditaria, meu bem?

– Por quê? – gritou Anna. Ela pulou da cadeira em fúria e foi para a entrada do corredor. – Está certo, Charles. Então o que é isto?

Por *isto*, ela queria dizer o revólver que tirou do bolso do paletó dele.

– Que diabos é isto, Charles? O que é esta maldita coisa? Como ela foi parar no seu bolso? Por que ela entrou nas nossas vidas de novo? Responda, Charles. Responda!

Anna parecia exausta. Deixando-se cair na cadeira, disse, antes de desatar em lágrimas:

– Por que, Charles? Por que agora? Por que tudo recomeçou de novo?

Charles continuou sentado, imóvel. Afundou ainda mais na poltrona. Finalmente, reuniu coragem, levantou-se e se aproximou de Anna. Abraçando a mulher chorosa, ele disse:

– Eu ia contar, meu amor, hoje ou amanhã. Por favor, acredite em mim. Não ia esconder isso de você.

Anna perguntou, entre soluços:

– O que você ia me contar? O que resta a ser dito, Charles?

Toda vez que ela abria a boca para falar saíam as mesmas palavras.

Charles sabia que conversar com ela em situações como esta era inútil. Além do mais, fora pego desprevenido. Se tentasse explicar as coisas agora, provavelmente elas piorariam. Ele precisava ganhar tempo. Pelo menos até o café da manhã seguinte. Poderia pensar numa excelente explicação durante a noite.

– Venha, querida. Vamos para a cama. Pode continuar a chorar lá. Por favor, não parta meu coração, por favor. Depois eu conto tudo.

Ele ajudou Anna a se levantar e a levou para o quarto.

•

– Ora, ora – disse Fikriye. – Hoje você é vendedor de *boza*?

– Foi necessário – respondeu o circassiano Cevat, pronto para dar risada. Fikriye nunca desistia facilmente.

Ela continuou a brincadeira.

– Algum assunto de Estado novamente, suponho.

Vendo a aprovação silenciosa de Cevat, ela continuou:

– Então, Cevat Bey, o que anda aprontando ultimamente?

– Dessa vez as coisas complicaram mesmo – disse Cevat enquanto tirava as botas de cano longo, que não combinavam muito com um vendedor de *boza*.

– Seus assuntos sempre são complicados, Cevat Bey – disse Fikriye evasivamente.

– Nem tanto. Mas dessa vez é complicado de verdade. Tem uns estrangeiros envolvidos.

Toda vez que ouvia a palavra "estrangeiros", Fikriye se sentia como que invadida por demônios e estremecia, tentando se conter para não rezar pedindo proteção contra espíritos malignos.

– De que tipo de estrangeiros está falando?

– Ah, mulher, estrangeiros apenas. Um sujeito da Bélgica. E tem uma empresa americana que vende máquinas de costura. Singer, eu acho. Ele trabalha nela. É um homem importante. Mas pelo olhar você vê que ele não é coisa boa.

Fikriye parecia não ter ouvido o resto depois que ele disse "Singer".

– Marido, você não imagina como são boas essas máquinas de costura. Ficaria surpreso.

– Puxa vida, mulher! Eu estou contando as coisas e você me sai com essa observação. Culpa minha, por discutir assuntos de Estado com uma mulher.

Fikriye mudou de tom.

– Não fique tão bravo. Eu me distraí um pouco. Então, conte tudo. O que esse estrangeiro tem a ver com questões de Estado?

Cevat se aprumou no divã. Pôs um pé debaixo da perna, pegou um cigarro na cigarreira que estava no bolso do colete. Demorou a levar o cigarro à boca e acendê-lo, desfrutando cada segundo da curiosidade da mulher. Depois, mantendo uma atitude séria, disse:

– Pois é exatamente isso que seu marido está tentando descobrir, Fikriye. O sujeito está em Istambul há quase quatro anos. Nós ficávamos de olho nele, mas nada chamou nossa atenção. No entanto, duas semanas atrás, o estrangeiro se encontrou com duas pessoas do movimento da resistência armênia. Aparentemente, eles tentavam marcar uma reunião secreta. Mas, você sabe, nada de segredos! Deviam estar com pressa porque, depois disso, começaram a se reunir com frequência e a falar de maneira suspeita. E, desde então, eu retirei os investigadores normais e comecei a seguir eu mesmo o patife. Esse sujeito está tramando alguma coisa, mas eu ainda não sei o que é. E tem mais: por que ele? Por que ele é tão especial? Por que os armênios o procuraram?

– Não tem um jeito mais fácil? – interrompeu Fikriye.

– O que seria mais fácil, Fikriye? Cevat a provocou, rindo.

– O jeito mais fácil seria pegar o homem, dar-lhe uma boa surra e descobrir o que eles estão planejando.

– Perfeito – disse Cevat. – Que bela solução você achou com seu cérebro feminino. A partir de amanhã vou fazer isso. Enquanto isso, você começa a fazer as malas para estarmos prontos para o exílio quando a esposa do sujeito correr para a embaixada pedir ajuda. Eu não sei onde iríamos parar. Iêmen ou Fizan, não sei mesmo. Seguiríamos nosso destino.

Fikriye ficou constrangida por não ter pensado nas consequências dessa sugestão. Timidamente, ela disse:

– Oh, a propósito, ficamos conversando, mas você deve estar com fome. Vou trazer alguma comida.

Ela saiu apressada, com passinhos de menina.

Quando Fikriye foi para a cozinha, Cevat refletiu sobre a pergunta da mulher. De fato, conversar com ela sempre era bom. Ele acabava pensando em coisas que não tinham lhe ocorrido antes. Por que esse homem? Por que o estrangeiro era tão especial? Se o sujeito fosse cidadão otomano, ele poderia investigar o seu passado e obter algumas respostas. Mas nesse caso não era possível. Depois ele pensou que a Singer era a resposta. O que o sujeito fazia ali? Ele tinha descoberto que o estrangeiro era o técnico-chefe, mas o que fazia o técnico-chefe da Singer? E qual era a relação dele com a resistência? Será que ele levava e trazia mensagens do exterior? Mas por que precisariam dele para isso? Não precisavam. Ele sabia exatamente quem era responsável pelas comunicações. Algo mais, algo muito maior estava em andamento. Mas o que era? A resposta estava em descobrir qual era a especialidade do sujeito.

– Fiz sopa de lentilha porque você adora – disse Fikriye ao entrar na sala carregando uma bandeja. Por um motivo ou outro, ela parecia estar flertando com ele.

– Adoro mesmo – disse Cevat. E, dando um tapinha no traseiro da mulher, acrescentou: – E também adoro outras coisas.

•

Foi um café da manhã deprimente. Os olhos de Anna estavam vermelhos e inchados de tanto chorar. Charles estava cansado de se sentir culpado. Um gigantesco ponto de interrogação estava suspenso sobre a mesa do café, mas, como ambos estavam exaustos e não tinham certeza do que enfrentariam se tocassem no assunto, nenhum dos dois tentou lidar com ele. Talvez nenhum deles quisesse dar o primeiro passo.

De repente, Charles disse: "Hristofor". Este nome nunca trazia coisas desagradáveis à mente de Anna. Segundo ela, Hristofor era o único amigo de verdade que tinham nesta cidade. Após muitos anos, Anna começou a sentir que fazia parte de uma família de novo quando eles estavam com Hristofor, a esposa dele, Maria, e a filha, Robina. Eles iam a operetas, óperas, parques de diversão, jantavam, bebiam juntos e tinham longas conversas. Até tinham visto Sarah Bernhardt no Teatro Aznavour. Naquela noite no teatro, Anna tinha esquecido o tempo e o espaço e, como qualquer mulher, se aconchegara ao marido e fixara os olhos apenas no palco. Ela conseguia falar até dos assuntos familiares mais particulares com Maria. Maria sempre se queixava de Robina, que já estava com 25 anos e continuava solteira. Ela dizia frequentemente: "Ela só pensa em ler. Só leitura e política". E depois suspirava, porque se incomodava que o marido apoiasse os interesses da filha.

Foi por isso que Anna se assustou quando Charles disse "Hristofor" logo de manhã cedo.

– O que tem Hristofor? O que Hristofor tem a ver com tudo isso? – perguntou ela.

– Foi um pedido dele – disse Charles, tentando convencê-la de que estava falando de um assunto corriqueiro.

– Pedido? Que pedido? E como ele tem relação com o fato de você ter um revólver?

– Eles têm medo de estarem sendo seguidos – respondeu Charles, pensando que estava complicando ainda mais as coisas.

– Quem? Quem está com medo de ser seguido? Hristofor ou Maria? – Ela usou um tom sarcástico.

– Não, não. Hristofor e os amigos dele – falou Charles. – Eles queriam me conhecer. Precisavam de mim, disseram. Por isso. Nos encontramos algumas vezes. Eles estavam sempre com medo e preocupados. Ficavam dizendo que precisavam tomar muito cuidado. O estado de espírito deles acabou passando para mim. Então comecei a portar uma arma.

– Então foi isso? – perguntou Anna. – E qual foi o pedido deles? Por que precisam de você? Nem teve curiosidade de perguntar? Você, Charles Edouard Jorris, não ficou curioso e nem perguntou...

– Não, não muito. Eu já contei sobre o pedido. Hristofor queria que eu conhecesse os amigos dele. Esse foi o pedido. Eles precisavam das minhas habilidades. Só isso.

– Como eles sabem das suas habilidades? E quais são elas, Charles? Quem são essas pessoas de verdade? Estão interessadas na sua habilidade em atrair mulheres? Não é isso, é? Ou estarão interessados na sua habilidade como técnico que conserta e instala máquinas de costura? Também não pode ser isso, ou pode? Ou eles estão informados sobre suas habilidades na Bélgica? Ou será que Hristofor já sabia delas desde o começo e por isso fez amizade conosco? O que você acha? Será que pode ser isso? Então, como ele descobriu? Deixe-me adivinhar. Ele não tinha como saber o que você fazia na Bélgica. Se conheço um pouquinho meu marido, posso dizer que provavelmente ele contou tudo a Hristofor por livre e espontânea vontade. E com muito orgulho. Meu marido deve ter falado sobre suas exóticas habilidades para provar que ele não é apenas um técnico comum. Certo, Charles? Meu marido deve ter contado tudo pensando que o espanto nos olhos de Hristofor devia ser, de fato, de admiração. Verdade? Isso não é como um livro de suspense barato, Charles? "Ei, Hristofor, você pode ter oficinas de joalheria, mas eu tenho um passado bem sangrento. Sou um homem horrível, posso despedaçar o mundo inteiro. Você acha que sou um homem calmo e comum, mas é tudo pelo bem de Anna." Certo, Charles? Não foi isso mesmo?

– Ora, vamos, Anna. Não tem nada acontecendo. Só nos encontramos duas ou três vezes e conversamos. Só isso, nada mais!

– Mas algo virá a seguir, não é? Você sabe disso, Charles. Além do mais, você está louco por isso. Singer e *kazandibi* três vezes por semana... Não é o suficiente? Você precisa destruir para que outros possam reconstruir, não é? Você destruirá e Hristofor e seus amigos consertarão. Que beleza, não é mesmo?

– Você faz afirmações com muita rapidez, Anna – protestou Charles com desânimo. Ele parecia ter aceitado que Anna tinha razão, não importando o que ele dissesse ou respondesse.

– E não fale mais bobagens, Charles! Não comece a me dizer que aqui existe opressão e não tem liberdade. Tanto você como eu sabíamos disso antes de virmos para cá. Hristofor e seus amigos armênios da resistência não podem ter convencido você tão de repente, não é? Ou que a situação neste país é pior. Só estou dizendo que você deveria parar de enganar a si mesmo e a mim! Seja o que for que está tramando, não faça! E não se misture com esses tipos. Eu sei muito bem que vai acabar mal de novo.

•

Charles se viu caminhando pela ponte do Golden Horn. Ele não se lembrava de quando ou como tinha chegado ali. Como se recordava de ter beijado Anna à porta de casa e de que ela lhe havia entregado seu chapéu, eles devem ter se despedido em bons termos. Pelo menos ele não a tinha magoado.

Ele comprou um rolinho de gergelim e, quase inconscientemente, se deixou cair numa banqueta de vime numa casa de chá. Apreciando as águas de um azul-escuro do Golden Horn, comeu o rolinho e bebericou o chá no frio cortante de janeiro. De repente, achou que estava num lugar bastante esquisito, onde diziam que até os copos de chá tinham uma "cintura esguia" com uma referência erótica. Ele estava acostumado a sentir-se subitamente um estrangeiro nesta cidade em que vivia há quatro anos e que até adorava. Ele se sentia deslocado especialmente quando atravessava a ponte para o distrito de Galata. A primeira coisa que sempre chamava a sua atenção era a extrema pobreza e miséria neste lado da ponte: crianças tentando vender alguma coisa o tempo todo, mendigos, cachorros de rua que esperavam ganhar um pedaço de pão seco ou um resto de carne jogado fora pelos açougueiros, religiosos com roupas estranhas que mais pareciam trapos e vendedores ambulantes que tanto no verão quanto no inverno andavam seminus. Pessoas que trabalhavam duro pelo alimento diário jogando suas redes no Golden Horn e que esperavam pacientemente. Um lugar que se assemelhava aos distritos operários na Bélgica. Aliás, um lugar que era muito mais caótico.

– Um estranho estado de satisfação que é diferente – ele disse. Tinha visto as mesmas pessoas se juntarem nas ruas gritando "Vida longa ao sultão!". *Só que*, pensou, *nos bairros pobres da Bélgica ninguém que gritasse essas palavras sobreviveria por muito tempo.*

Sultão Vermelho... era com essas duas palavras que todos os adversários do sultão – gregos, armênios, árabes e os Jovens Turcos[5] – o descreviam. Aos sussurros, eles falavam de seus porões de tortura, dos cadáveres que a maré trazia pela manhã e, com ódio, medo e às vezes com uma inveja que não conseguiam ocultar, eles se queixavam desse homem que comandava o império há trinta anos. Contudo, Anna tinha razão. Todos eles pertenciam à elite. Ou tinham bons negócios que arrecadavam muito

---

5 Movimento que teve início primeiro entre estudantes militares (1889), espalhando-se gradualmente para outros setores da população que se opunham à monarquia do sultão Abdülhamid II.

dinheiro, ou eram filhos de paxás e nobres. Charles via e sentia claramente que as camadas populares amavam o Sultão Vermelho, enquanto a elite – inclusive nos círculos em torno do monarca – o odiava profundamente. O povo comum achava que um paxá do sultão podia ser ruim e mesmo assim se tornar o grão-vizir, mas que o próprio sultão jamais poderia ser ruim. O sultão era o único ser que possibilitava a continuação do caos – os turcos o chamavam de ordem – entre as sombras dos minaretes que Charles via a distância.

Eu sei muito bem que vai acabar mal de novo. Ele se lembrou das palavras de Anna. O que podia ser pior do que esse espetáculo? Depois pensou numa pergunta que Anna fazia com frequência: "Segundo quem?". Ao atirar um pedaço do seu rolinho de gergelim para as gaivotas que voavam em círculos à procura de comida, ele pensou: *Quem eu sou aqui? Se tivesse nascido como um desses turcos pobres, o que pensaria ou como me sentiria?* De fato, Anna estava errada em uma coisa. O revólver no seu bolso não o tornava a mesma pessoa que ele era na Bélgica. Ele estava sendo transformado. No outro país, levava uma arma só quando ia aos bairros operários. Mas aqui ele pertencia à outra classe. Essas pessoas não falavam francês e ele não falava turco o suficiente para se comunicar com elas. Ele podia falar com as pessoas em Pera, mas não aqui. Ele podia compartilhar muitas coisas com as pessoas que contatava em Pera e tornar-se uma delas. Não, ele não estava voltando a ser o Jorris que costumava ser na Bélgica. Talvez fosse por isso que ele se sentia tão impotente com Anna. Ela era a única raiz que ele tinha aqui.

O que ele diria para aqueles homens agora? E para Hristofor?

•

Charles saiu da empresa por volta das seis da tarde. De fato, ele tinha trabalhado quase como uma máquina de costura. Fizera só o que era necessário. Mas não era por esse motivo que seu amigo na Bélgica o chamava de "homem-máquina". Pelo contrário, ganhara esse apelido porque adorava máquinas ao ponto de entender a linguagem delas. Mas hoje ele se sentia diferente.

Talvez não tivesse deixado de visitar uma única rua que fosse em Pera antes de se dirigir ao seu verdadeiro destino, embora essa perambulação lhe parecesse sem sentido e desnecessária. Misturou-se à multidão e depois se afastou com a mesma rapidez com que se juntara a ela e foi para os cantos sombrios. Fazia tudo que era humanamente possível para enganar quem o estivesse seguindo. Depois, subitamente, surgiu bem diante do seu alvo: Edifício Moravitz. Ao empurrar a grande porta de ferro forjado, um dervixe que estava dobrado sobre si mesmo e sem fôlego ficou xingando a mãe de Charles...

Charles chegou ao segundo andar e logo avistou o número oito. Bateu quatro vezes usando a aldrava de ferro. Robina, a filha de Hristofor, uma moça bonita e simpática que transparecia totalmente o oposto do que de fato se passava, abriu a porta. Virando ligeiramente a cabeça para as pessoas dentro do apartamento, ela disse com uma voz não muito alta: "Charles chegou". Depois, olhou para Charles de novo e falou:

– Bem-vindo, Charles. Nada de estranho, certo?

– Não. Para dizer o mínimo, não percebi ninguém me seguindo. E acrescentou, se gabando: – Além do mais, não sou inexperiente nessa área, sabe disso.

Hristofor e Konstantin tinham se instalado numa ponta da comprida mesa de nogueira e, aparentemente, já estavam ali há um tempo. Os charutos de Hristofor e os cigarros de Konstantin enchiam os cinzeiros de cinzas e o ambiente de fumaça.

– Você aceita um *raki*, Charles? – perguntou Hristofor, assim que o convidado se sentou.

– Na verdade, seria melhor tomar um conhaque hoje. Mas, por favor, não muito, Robina.

Konstantin riu e depois disse:

– Eu não aceitaria nada menos que vodca, mas você nunca tem uma vodca boa por aqui. E continuou a provocação a Hristofor: "Você também estragou o rapaz!".

Ao que Charles respondeu:

– Não, não! Quer dizer, ele me estragou, sim, mas hoje *raki* é um pouco demais para mim.

Todos riram e Konstantin disse:

– Sim, esta noite pode ser um tanto pesada, mas estamos acostumados a isso!

Hristofor se inclinou devagar para Charles e falou algo que enfatizou de propósito:

– Agora temos um alvo maior, Charles.

– O que quer dizer? Mudaram de ideia em relação ao Circle d'Orient?

– Não, não – disse Konstantin. – Isso fica. E também a Porta Alta e a Ponte do Galata. Mas só depois que o alvo principal for destruído. O alvo principal vem primeiro. Konstantin estufou a barriga e se recostou na cadeira.

– De qualquer forma, você mencionou a Porta Alta e a Ponte do Galata pela primeira vez. Então, qual é o alvo principal? – perguntou Charles.

– Seria melhor perguntar quem é o alvo principal – disse Hristofor.

De repente, Charles se lembrou de seus pensamentos na casa de chá. Depois seu olhar caiu em Robina, que estava roendo as unhas. Ela fez um gesto para ele que significava algo como "pois é".

– É ele? – quis saber Charles com cautela, como se algo o impedisse de mencionar um nome ou título.

– Sim! É ele! – confirmou Hristofor.

– Pare de se referir a ele como "ele" – grunhiu Konstantin. – Sim, senhor, o alvo principal é Sua Excelência Abdulhamid II, o Sultão Vermelho, o Diabo, chame do que quiser!

Charles bebeu todo o conhaque. Quase imediatamente, Robina encheu seu copo de novo.

– Isso muda tudo do começo ao fim. Os olhos dele estavam injetados.

– Por quê? – perguntou Konstantin.

– Para começar, o sultão é muito bem protegido. Você também disse isso. É raro hoje em dia ele sair do palácio. Segundo, o sultão não é um prédio ou uma ponte que fica no mesmo lugar o tempo todo. O sultão é um ser humano e por isso vive em movimento...

– Que ser humano! – interrompeu Konstantin.

– Terceiro – continuou Charles, como se fosse Anna fazendo a pergunta. – Vocês levaram tudo em consideração e chegaram a alguma conclusão? Quer dizer, colocar o sultão na mira ou deixá-lo incapacitado é uma coisa, livrar-se dele é outra. Vocês devem ter calculado as consequências com todos os detalhes, certo?

– Charles, quando Konstantin veio para cá ele disse coisas que eram muito importantes e também verdadeiras – disse Hristofor.

Um sorriso torto passou pelo rosto de Konstantin. Ele estava se esforçando para parecer modesto.

– E que coisas são essas? – Charles perguntou a Konstantin.

– Primeiro – respondeu Konstantin com um tom cauteloso. – Primeiro, o que não mata o sultão só o deixa mais forte. A coisa toda foi mal calculada desde o início. Felizmente, eu estava lá para interferir. Sair por aí bombardeando lugares só faria o povo se unir em torno do sultão. Seria um caos e, como resultado, o povo ficaria ao lado da ordem, em outras palavras, do sultão. E depois seria uma bela confusão. Mas agora, antes de tudo, vamos nos livrar da ordem. E depois vamos forçar o público a buscar uma nova ordem com as bombas.

– Ou seja, um sultão novo – disse Charles jocosamente.

Konstantin foi brusco:

– Você é da Europa. Não entenderia. Difere de um sultão a outro.

Ele conseguiu irritar Charles, que, por sua vez, manteve uma atitude sarcástica.

– E depois? – ele perguntou. – Como vai ser a nova ordem? E como se chamará?

– O nome é fácil– respondeu Konstantin. – Ele se chama Mehmed Resat V. O sujeito é quase tão velho quanto meu pai e eu já me considero velho, entende. Ele irá aonde nós o empurrarmos.

– O sultão atual também não é tão velho quanto seu pai? – perguntou Charles com uma expressão fria no rosto.

Konstantin ficou perturbado.

– Mas esse é muito compreensível. – A irritação dele era visível.

– Mas quem é você? – Charles perguntou a ele. – Olha, você acabou de dizer que o empurraria. Quem vai empurrar o novo sultão aonde quer que seja?

– Nós – disse Konstantin. – Qual a dificuldade de entender isso?

– Está certo – disse Charles e continuou: – Mas "nós" quem? Os armênios?

– Ora, vamos! – exclamou Konstantin. – Você acha que só os armênios querem eliminar o sultão? Acha que os gregos também não querem? E pense nos judeus. E os Jovens Turcos? As grandes potências também não querem isso? Então, "nós" são todos eles. A nova ordem será estabelecida através de "nós". Vamos nos sentar e entrar em acordo. Vamos governar o país com base na concordância mútua e salvaguardando os interesses de cada parte.

– Então é isso que virá em seguida? – perguntou Charles e sorriu sarcasticamente. O sorriso dele incomou Konstantin.

– Sim, e daí? – ele perguntou.

– Você quer mesmo falar do que é realmente verdade, Konstantin? E quanto a você, Hristofor? Robina?

Ao perguntar, Charles lançava um olhar a cada um deles.

– Se você me disser para eu me preocupar com a minha vida, ótimo, vamos falar então sobre a minha parte no negócio, mas, se quiser conversar comigo de verdade, tenho algumas coisas a dizer.

Konstantin e Hristofor se entreolharam e o último fez um gesto com as mãos, instando Charles a falar:

– Muito bem. Este é o seu país. Estou aqui há quase quatro anos e não o conheço muito bem. Mas eu sei o que é o poder. Konstantin, minutos atrás você listou algumas coisas para descrever o que significava "nós". Você sabe quem empurraria o novo sultão na direção desejada. Das coisas que você incluiu, quais delas são poderes reais? Eu lhe dou a resposta: só duas. A primeira são os Jovens Turcos e a outra são as grandes potências. Se as grandes potências estão tão aborrecidas com o sultão atual, então fale com elas, apresente petições, visite suas embaixadas para que elas livrem vocês do sultão e, bom, vocês já estão fazendo isso. Além do mais, esses países são incapazes de chegar a um acordo até entre eles. Como espera que concordem em relação a interesses e benefícios? Depois vêm os Jovens Turcos. Eu não os chamaria de força real se não fossem turcos e se não tivessem apoio entre os militares. Mas eles têm esse apoio. Portanto, são uma força. Por que essa força dividiria qualquer posição de governo com vocês? Agora vocês os consideram como oposição, mas verão o que será deles quando puserem as mãos no poder político. Se eu estivesse no lugar deles, eu apontaria para vocês quando chegasse ao governo e diria: "Foram esses patifes que mataram o sultão!". Nem anarquistas de dezoito anos na Bélgica acreditariam nessa solução de vocês, Konstantin. Por que eu acreditaria e o que isso tem a ver com o fato de eu conhecer ou não o seu país?

Robina manteve os olhos baixos e sorriu, enquanto Konstantin e Hristofor franziram o cenho. Depois de um tempo, Hristofor disse com muita dificuldade:

– Foi bom ouvi-lo, Charles. Mas foi isso que o comitê decidiu e, depois desse ponto, a decisão deles não mudará. Está conosco ou não?

– Por que eu estaria, Hristofor? – perguntou Charles. – Pode me dar uma boa razão?

– Duas mil e quinhentas moedas de ouro britânicas! – gritou Konstantin.– Duas mil e quinhentas. Uma quantia que possibilitará a você levar uma vida boa com sua esposa até o final dos seus dias! Uma fortuna!

E era mesmo. Primeiro Charles ficou bravo, depois engoliu em seco. Ele não sabia o que dizer. Mais uma vez, amaldiçoou esse senso de "amizade" que ele não conseguia eliminar. Quantas vezes testemunhara a destruição de uma amizade como estava acontecendo naquela noite, naquela mesa? Por que ainda se abalava tanto com essas coisas, embora já devesse estar acostumado?

Parecia que ele estava se esforçando para ocultar essa destruição. Fez isso do modo que menos combinava com ele. Balançou a cadeira, igual a Konstantin, colocou os polegares nos bolsos do colete e assumiu ares de comerciante astuto. Então disse, enquanto se levantava:

– Vou pensar no assunto.

– Não demore – disse Konstantin.– Não é fácil passar para a história e enriquecer ao mesmo tempo.

Quando Charles saiu, Cevat estava quase congelando.

– Canalha – murmurou entre os dentes. – Finalmente ele saiu! Seja o que for que estão tramando, tenho certeza de que essa foi uma noite importante.

E, ao seguir Charles sem ser visto, salientou a data dizendo:

– Nove de janeiro e ainda não consegui pegar esse porco!

•

– Estou congelando, mulher! Seu marido está se petrificando. Apresse-se! Traga o que tiver. Sopa, *sahlab*[6], chá, qualquer coisa...

Com estas palavras, Cevat entrou correndo em casa. Seus dentes batiam e ele esfregava os braços.

Quinze minutos depois, no máximo, quando o frio já tinha passado, a espera enregelante diante do Edifício

6 Bebida quente feita da raiz de uma espécie de orquídea, leite quente e canela.

Moravitz já se tornara uma lembrança para o circassiano Cevat.

Fikriye já tinha começado a assar castanhas no fogão de ferro que o marido lhe comprara recentemente. Cevat tinha tomado a sopa de lentilha e comido um prato cheio de tabule. Agora estava tomando chá num copo delicado e pequeno, fumando um cigarro. Esse deve ser o prazer de "um cidadão leal que cumpriu seu dever para com o país e que também é um marido".

Essa coisa é muito maior do que eu imaginava, ele pensou. *Até o bom e velho Edifício Moravitz estava envolvido. Esses homens não são comuns. São homens importantes, dignos. Um bando de ricaços! Agora que os estrangeiros entraram, vai ficar tudo muito complicado.*

O que deve ser feito agora? A situação piorou a ponto de ser reportada ao escalão superior. Mas o que eu vou dizer? E a quem? Além disso, nenhum deles é fácil. Depois, como diz Fikriye, eu podia apertar um deles, mas qual?! Os sujeitos não são idiotas! Mas não posso me demorar. Se esses homens fizerem algo antes que eu informe, estou acabado. Mas quem devo informar e o que vou dizer?

– Parece preocupado, querido – disse Fikriye, virando as castanhas. – Uma moeda por seus pensamentos!

Cevat começou a rir.

– Pelo amor de Deus, mulher! Você não deixa nada escapar! E não deixa nada sem solução! – Ele a estava provocando.

– Sabe – retrucou Fikriye mantendo a atitude de sabe-tudo. – Todo mundo tem um superior.

– Senhora Fikriye, desde que casou as meninas e passou a ficar sozinha em casa o dia inteiro, você se tornou uma filósofa. Mas sabe qual é a consequência de pensar demais?

– Marido, diga isso a si mesmo. É você que está remoendo os pensamentos.

– Um negócio difícil – disse Cevat. Muito difícil. – A fruta já amadureceu, mas, mesmo assim, ela não cai. E, mesmo que caísse, não faço ideia de onde cairia. E estou me matando aqui, pensando a quem devo me reportar.

– E isso é motivo para se remoer? – perguntou Fikriye. – Paxá Necip. Por que não fala com ele?

Cevat quase engoliu o copo junto com o chá. Ele tossiu, espirrou e finalmente se recostou no divã.

– Como sabe sobre o paxá Necip, mulher?

– Está parecendo que hoje passei de dama a mulher. Que vergonha, marido! – disse Fikriye toda coquete. – As pessoas falam, sabia? Sempre falam. Aparentemente, o sultão confia muito nele porque ele sempre consegue o que quer. E não é um estuprador como aquele malvado paxá Fehim. Foi por isso que pensei nele.

Cevat concordou, mas ao mesmo tempo pensou: *Que vergonha! Paxá Necip é realmente a pessoa certa.*

•

Durante o reinado do sultão Abdulhamid, dois tipos de paxá evoluíram. Os paxás da Porta Alta e os paxás Yildiz. Estes eram estrelas sob todos os aspectos quando comparados aos primeiros.

Assim, o paxá Necip Melhame, ministro do Comércio e Obras Públicas, pertencia ao grupo das estrelas. Até o ministro de Estado ouvia o paxá Necip e sempre agia segundo suas ordens. Isso não tinha origem no profundo conhecimento do paxá Necip sobre comércio ou obras públicas, mas em sua inteligência e seu poder sobre os agentes espalhados pelo país. O paxá Necip era um dos exemplos excelentes em sua profissão. Portanto, ele se destacava em comparação com alguém como o paxá Fehim, que também era chamado de paxá Vehim[7] ou paxá Vahim[8]. O paxá Necip era um homem que sabia ocultar suas ambições pessoais e fraquezas – se tivesse alguma.

Com esses pensamentos, Cevat foi ao palácio visitar o paxá Necip, apresentando-se como capitão Cevat e, após uma espera de uma hora e quinze minutos, disseram a ele que "Sua Alteza o paxá" o aguardava. Ele alisou a roupa, ajeitou o quepe de pele e se dirigiu para a sala de sua excelência com passos leves.

O paxá Necip Melhame, um homem esguio e moreno com um bigode fino, recebeu Cevat de maneira inesperadamente calorosa.

– Bem-vindo, Cevat *Efendi*[9]. Disseram que tem um pedido.

– Oh, não, por favor, Excelência. Como este seu humilde servo poderia lhe fazer algum pedido! Eu só gostaria de lhe dar informações sobre certa situação.

E então Cevat contou ao paxá tudo sobre a vigilância que o ocupava há muito tempo e as conclusões às quais chegara.

– Verdadeiramente difícil – disse o paxá puxando o bigode fino com cuidado.

– Não podemos pedir informações sobre o tal Jorris na embaixada belga? – perguntou Cevat.

– Não é possível, meu filho – falou o paxá, embora eles fossem mais ou menos da mesma idade. – E se foram eles que o designaram? Podem fazer um escândalo, nos acusando de seguir um funcionário deles. E então até os pombos da Mesquita Nova ficarão a par do assunto. O

7 Vehim: ilusão.
8 Vahim: fatal.
9 Na Turquia, título usado para homens, em sinal de respeito.

pior é que o sujeito está trabalhando para uma empresa americana. Então, até o embaixador americano seria envolvido na questão. Além do mais, antes de você seguir Jorris até lá, um membro do comitê chamou Konstantin Kabulian e ele é cidadão russo.

Cevat ficou de boca aberta. Então ele não era o único detetive da polícia presente na noite anterior! Havia pelo menos mais uma pessoa e o pior era que Cevat nem sequer percebera a existência de outro detetive. *O homem deve ter me visto e dado risada,* pensou. Mas ele gostou ainda mais do paxá Necip. Cevat adoraria que todos levassem os assuntos de Estado com a mesma seriedade.

– Tudo o que podemos fazer é continuar a segui-los, meu filho – disse o paxá. – Nossas mãos estão atadas. Além disso, Sua Alteza o sultão está em perfeita segurança.

Cevat ficou de pé e saudou o paxá: "Sim, senhor!". Depois se virou e saiu. As palavras do paxá, "Sua Alteza o sultão está em perfeita segurança", ainda ecoavam em seus ouvidos. Esta declaração podia ter dois significados: um, "eu não me importo com o que aconteça com os outros, mas nada deve acontecer ao nosso sultão"; dois, "nosso sultão é o alvo principal dessa gente!". Cevat era do tipo que sempre se perguntava o que estava fazendo num dado momento. Outra regra de sua profissão era ter certeza de que ninguém à sua volta, especialmente nenhum colega, sabia que ele se fazia esta pergunta. Ele sempre se certificava de seguir essa regra.

Nem está claro se sou um detetive ou um funcionário do governo, pensou. *O paxá Necip Melhame me deu uma ordem estrita: "Siga-os, mas interfira apenas se fizerem algo abertamente".*

Cevat pensou que Fikriye poderia ter dito a mesma coisa.

•

Depois de ouvir sobre as duas mil e quinhentas moedas de ouro britânicas, Anna lançou um olhar sobre Charles. Depois, ela se levantou lentamente e foi para a cozinha. Fez café e pôs as xícaras numa bandeja. Também colocou um pratinho com biscoitos.

Voltou, serviu biscoitos a Charles e deixou o prato sobre a mesa de centro. Depois que colocou a bandeja na mesa de nogueira maciça, pegou sua xícara de café e foi até a poltrona que costumava usar. Ela se sentou. Com os olhos fixos nos de Charles, falou com uma voz desprovida de emoção:

– Com esse dinheiro podemos comprar uma casa em Antuérpia. Não, metade deve dar.

Charles deixou cair a xícara, derramando todo o conteúdo no colo. Naturalmente, ele se queimou e soltou um "ai!", pulando da poltrona. Anna o ajudou a tirar a calça o mais rápido que pôde. Ela inspecionou a perna dele para ver se a queimadura era séria. Depois de ver que estava tudo bem, foi até o quarto e trouxe outra calça para ele. Ao entregá-la para o marido, disse em tom gelado:

– Precisamos ter muito cuidado.

Quando Charles conheceu Anna, ele tinha dezesseis anos e ela, catorze. Ou seja, ele a conhecia há treze anos e não tinham sido anos comuns. Ele e Anna tinham literalmente crescido juntos. Quando chegou em casa naquele dia, estava pensando em como poderia acalmar Anna, que provavelmente teria uma reação exagerada. Por um instante, chegou a pensar que poderia usar o protesto de Anna como desculpa para recusar a oferta, já que ele próprio não tinha sido capaz de demonstrar força de vontade. Mas ele realmente não esperava que Anna dissesse algo tão carente de imaginação quanto "uma casa em Antuérpia" para indicar sua aprovação. Se ele tivesse apostado, teria perdido. Como as pessoas podiam estar sujeitas a regras tão comuns, tão generalizadas? Isso significava que Hristofor conhecia sua mulher melhor do que Charles?

Ele perguntou com voz trêmula:

– Anna, o que deu em você?

– Nada, Charles – respondeu Anna no mesmo tom gelado. – A oferta deles é justa. E não inclui altos ideais. Nenhum ato heroico, nenhum esforço para salvar o mundo ou a humanidade. Quer dizer, não estão tentando enganá-lo. E ainda disseram abertamente quanto valeria o seu trabalho. Quem quer que seja esse tal Konstantin, aparentemente ele é esperto. Além do mais, ele estava certo quando disse que vocês dois passarão para a história e também ganharão uma fortuna. Mas não esqueça que gastar essa fortuna depende de "não terminar relegado ao passado". Ou seja, temos de continuar vivos. Eu pouco me importo se teremos feito história ou não quando envelhecermos e morrermos, mas suponho que isso interessa a você. É um trato ótimo para você. Vai fazer história com um único movimento. Não precisará fazer nada mais. E muitas pessoas o chamarão de herói. Especialmente na Europa. Uma última ação e "finito"! Se tivermos cuidado. E, Charles, eu não gosto de Pera tanto quanto você. Sinto falta de Bruxelas e Antuérpia. Sinto falta dos amigos e da família. Nós dois não somos exatamente uma família. Charles, esse negócio permitirá me render a algo pelo qual você tem paixão. Não sei exatamente como isso o afeta... bom, acho que posso imaginar, mas, para mim, afeta a mente.

Charles não estava mais atônito. De repente, sentiu-se relaxado, como se um grande peso tivesse sido tirado das suas costas. Disse:

– Quer saber, Anna? Esses sujeitos não têm o que fazer. Na semana passada, eles fizeram uma experiência em Polonezköy com uma bomba que fabricaram. Tudo o que sabiam sobre a bomba eram umas poucas coisas que aprenderam na Rússia com umas pessoas tão ignorantes quanto eles. E sabe o que aconteceu? Um deles perdeu dois dedos e outro ficou ferido na cabeça. Mal conseguiram voltar para Istambul!

Anna ouviu o marido sentada no chão ao lado da poltrona onde ele estava. Por um momento, Charles achou que os olhos cinza-azulados dela pareciam de um gato selvagem. Ele estremeceu, mas não deixou de afagar os cabelos da esposa. Parecia que Anna estava esperando isso, porque ela se reclinou e deitou no tapete. Ao dobrar as pernas e abri-las, ela fez sinal para Charles vir até ela. E então aconteceram coisas entre eles que não aconteciam há muito tempo.

•

O homem estava com o olhar perdido nas águas claras do Bósforo. Ele tinha 63 anos de idade. Mas parecia mais velho. Estava quase corcunda e o nariz aquilino que herdara dos ancestrais parecia ter crescido à medida que envelhecia. Com as mãos nos bolsos do casaco longo, estava absorvido em seus pensamentos. Poucas pessoas a seu lado sabiam que ele tinha duas armas nos bolsos. E, de novo, poucas sabiam que ele era ótimo atirador.

Necip Melhame acabara de se afastar de sua presença. *"Presença" é uma palavra bem curiosa,* ele pensou. *Como é possível deixar minha presença? As pessoas deixam de estar presentes quando não estão diante de mim?* Ele riu. Aliás, gargalhou. Melhame dissera: "Recebemos informações fidedignas de que está sendo preparada uma trama de assassinato contra Sua Alteza". Quando tal plano não fora concebido?! E quando havia informações da inteligência, elas fluíam de pelo menos três ou quatro fontes diferentes. Mas determinar se todas se referiam à mesma intenção nem sempre era muito fácil. Mas Melhame era um homem sério. Não era um palhaço ou um testa de ferro como Fehim. Ele não latia, mas mordia.

Ele tinha falado de um "Movimento Armênio de Resistência". Compreendia isso. Entendia as causas e os motivos. Sabia, mais ou menos, que tipo de gente era essa. Mas Melhame dissera outra coisa: "o anarquista belga". Isso ele não compreendia de jeito nenhum. Ele descobrira o que eram anarquistas e o que pretendiam. Ele se lembrava de que essa questão tinha sido mencionada como "anarquista-niilista" nos informes da polícia, mas essa informação era insuficiente. Os informantes na Europa esbanjavam seu dinheiro e enviavam dados inúteis que não valiam um décimo da quantia que recebiam. Era sabido que eles tramavam assassinatos de reis, imperadores e membros da dinastia. Sim, mas não sobraram reis na Europa para assassinar? A Europa já estava "salva" e agora eles vinham "salvar" esta terra? Incomodava-o não saber as razões e os incentivos. Ele não fazia ideia do tipo de pessoa que esses homens eram. Jamais temia o que sabia, mas o desconhecido o intimidava.

O destino e seus estranhos jogos, ele pensou. *Ele cria cem demônios diferentes a cada dia. Como se eu não tivesse mais nada a fazer, agora tenho de tentar distinguir os demônios estrangeiros. Levanta, Suleiman, o Magnífico! Levanta do teu eterno e pacífico descanso para ver como sofremos! Você cavalgava em seu cavalo até Viena e nós, aqui, nos perguntamos como seremos capazes de sair do palácio em segurança.*

Deus lhe negara o mesmo poder magnífico. Ele deu um toque brusco na sineta que pendia do batente da janela. E também com um tom brusco disse ao criado que atendeu ao chamado:

– Traga Fuat *Efendi*, o intérprete!

O intérprete Fuat, um loiro imponente de cerca de trinta anos, entrou na sala, inclinou-se em sinal de respeito, mantendo os olhos no chão, e ficou parado no lugar. Essa foi uma das primeiras coisas que lhe ensinaram no palácio: manter distância.

– Fuat *Efendi* – disse o sultão. – Existe uma nova ocupação na Europa chamada "anarquista". Tem alguma informação a esse respeito?

Fuat corou. Depois olhou para o chão, constrangido.

– Entendo, entendo – disse o sultão, exibindo seu desagrado. – O conhecimento é adquirido pelo trabalho árduo, Fuat *Efendi*. Tem uma semana para recolher toda informação que tenha importância para nós.

Quando ficou sozinho novamente, foi até a janela.

– Em muitas caçadas, a caça de repente se torna o caçador – ele falou com um sorriso.

•

– Batalhão da Sétima Infantaria! Atenção!

– Em formação!

– Sim, senhor!

– Descansar!

– Em frente! Para a Mesquita Hamidiye! Marchem!

Toda manhã de sexta-feira estas ordens ecoavam no distrito de Beyazit. As tropas montadas saíam dos quartéis em Davutpasa e Maltepe. As bandas militares as precediam e a procissão cruzava a Ponte do Galata, passava pelos distritos de Karaköy e Tophane, chegando em Yildiz.

Oficiais de alta patente e paxás usando todas as suas insígnias e medalhas, acadêmicos destacados, todos os tipos de líderes religiosos, embaixadores da Europa e Ásia, ministros, diplomatas de vários graus e áreas competindo para ver quem era mais vistoso acompanhavam essa parada militar, enquanto viajantes que queriam observar esse esplendor, turistas curiosos, artesãos, operários, desempregados, em suma, habitantes de Istambul de toda e qualquer classe atulhavam a praça Yildiz.

A Orquestra Real tomava seu lugar ao lado do portão principal do palácio; empregados e atiradores do palácio a cercavam, milhares de ouvidos se concentravam na mesquita Hamidiye e esperavam. A prece do meio-dia era o primeiro e principal sinal. Depois dele, todos esqueciam seus ouvidos e então milhares de olhos se fixavam nas duas folhas do pesado portão de ferro.

Assim que o portão começava a ser aberto, a Orquestra Real tocava a *Marcha Hamidiye*, os ouvidos prestavam atenção novamente, todos os soldados na praça em posição de atenção e o sultão Abdulhamid II, o "Sultão da Terra Otomana", "Sultão do Sublime Estado" e "Califa de Toda a Comunidade Muçulmana" aparecia em uma carruagem com seu manto cinzento e fez enorme. Guardas imperiais marchavam de ambos os lados da carruagem e, ao lado deles, caminhavam os paxás.

Três ou quatro cabriolés, que normalmente carregavam as senhoras do palácio, seguiam a real carruagem. Como a distância entre o portão principal do palácio e o setor real da mesquita era bem curta, milhares de soldados e civis que esperavam sem respirar que Sua Majestade finalmente aparecesse soltaram o fôlego em uníssono e gritaram: "Longa vida ao sultão! Longa vida ao sultão! Longa vida..."

Enquanto os diplomatas e turistas europeus se maravilhavam por testemunhar mais uma vez como, às sextas-feiras, o povo do "país doente da Europa"[10], que tinha tantos problemas a resolver, saudava o Sultão Vermelho com tamanha alegria e sinceridade, o próprio sultão sempre passava por ele com uma dignidade solene ou algumas vezes voando como o vento, levantando poeira.

Enquanto isso, centenas de oficiais, soldados e atiradores responsáveis pela segurança do sultão e centenas de agentes civis vasculhavam incessantemente a multidão com olhos atentos, ao mesmo tempo que faziam suas preces silenciosamente, implorando a Deus todo-poderoso que a cerimônia da sexta-feira terminasse sem nenhuma calamidade.

As mulheres desmaiavam e voltavam a si uma e outra vez e alguns cidadãos, cujas "carteiras de identidade já estavam gastas", sofriam ataques cardíacos letais.

À medida que tudo isso ocorria, o sultão descia um lance de escada da mesquita consistindo de oito ou dez degraus e desaparecia em seu setor particular. Ele ficava ali por cerca de meia hora, fazia a oração ritual e depois ao sair não tomava a carruagem que o tinha levado até ali, mas outra, que normalmente ele mesmo conduzia. Dessa vez ele entrava no terreno do palácio bem depressa pelo portão principal e desaparecia da vista dos assistentes, que não sabiam que uma atividade totalmente diferente acontecia lá dentro: animais eram sacrificados para agradecer a Deus que o sultão pudera retornar à sua casa sem problemas, enquanto os paxás encarregados da segurança da procissão de sexta-feira recebiam moedas de ouro.

10 Do inglês *Sick man of Europe*, termo que teria sido cunhado pelo czar Nicolau I para se referir ao Império Otomano, que enfrentava sérias dificuldades financeiras e territoriais.

Enquanto as tropas militares na praça se preparavam para voltar de maneira ordeira, a multidão começava a debandar e a formar grupos em volta dos mais de cem vendedores ambulantes. De acordo com a estação, compravam sorbet, *boza* ou *sahlab*, ou engoliam almôndegas, *kokorec* e pratos de arroz com grão-de-bico.

Os oficiais, agora aliviados, brincavam entre si enquanto se preparavam para voltar aos seus postos. Em momentos e locais assim, Cevat nunca relaxava ou se sentia aliviado. Ele era do tipo que só se sentia à vontade na própria casa. Mas hoje sua tensão tinha uma razão especial.

Ele não tinha tirado os olhos daquele estrangeiro e observara cada ação sua durante a aparição pública do sultão para a primeira oração de sexta-feira de março de 1905. Usando a costumeira roupa de inverno – chapéu-coco e sobretudo –, Charles fora avistado por Cevat pela primeira vez durante uma procissão de sexta-feira. Levar binóculos ou câmeras à procissão era proibido e Charles tinha se contentado em observar a cena sem perder o mínimo detalhe, como se tivesse olhos de águia. Cevat fez o mesmo, mas com uma diferença: enquanto Charles olhava tudo e bebia com os olhos mil detalhes diferentes, os olhos de Cevat estavam focados apenas e tão somente no belga.

Charles tirava do bolso seu relógio Serkisoff e o estudava cuidadosamente. Depois ele o guardava, olhava em volta, tirava o relógio do bolso outra vez, segurava-o na mão, olhava para ele atentamente e o punha de novo no bolso. Cevat observou cada movimento de Charles com atenção total, olhava na direção para a qual Charles olhava, tomando o cuidado de observar exatamente o que estava acontecendo.

Três sextas-feiras depois, Cevat percebeu o que Charles estava calculando. Este sujeito estava tentando descobrir exatamente quantos minutos o sultão levava para subir na segunda carruagem e chegar ao portão do palácio. Na quarta sexta-feira, Cevat calculou a mesma coisa. Um minuto e quarenta e dois segundos. Na quinta sexta-feira, o resultou foi igual: um minuto e quarenta e dois segundos.

•

– Marido, acorde! – gritou Fikriye cutucando o marido. – Pelo amor de Deus, acorde!

– Oh, Deus! – Cevat acordou gritando. Ele estava banhado em suor. Fikriye lhe deu um copo com água imediatamente. Ela esfregou as costas dele e perguntou:

– Mais problemas?

Cevat fez um som estranho que soou como "Hummm...", e com isso engasgou.

Fikriye acendeu a lamparina a querosene antes de entregar a caixa de tabaco para Cevat.

– Marido, o que vai acontecer conosco? – ela perguntou. – Toda noite isso está acontecendo, toda noite! Não dormimos, nem temos paz!

– Não está dando certo, mulher – disse Cevat. – Um minuto e quarenta e dois segundos. Pouco tempo. Eu corro, mas não consigo chegar. Eu grito e berro, mas em vão... ninguém me escuta. Nem o tempo, nem meu fôlego, nem a força das minhas pernas são suficientes. Eu me sinto enlouquecer. Tudo está além do meu controle. Um minuto e quarenta e dois segundos, mulher! Não é o bastante para o seu pobre Cevat, mas é suficiente para aquele porco. Eu sei que é. Em um minuto e quarenta e dois segundos, um porco vai pôr fim ao Sublime Estado. Ele vai causar uma destruição total. Eu grito, mas ninguém ouve. Você e eu imigramos do Cáucaso. Sabemos muito bem o que é não ter um Estado próprio. Mas essa gente não sabe o que isso significa. Eles acham que tudo vai continuar do mesmo modo. Acham que um Estado não tem como "desabar", mas nós sabemos que sim, que pode. E que ele cai em cima da cabeça da gente. Eles querem o Estado para proteger e cuidar de si mesmos. Mas eles não querem proteger e cuidar do Estado. Não têm como. Não terão. E então eles batem no peito com arrependimento, quando já é tarde demais. Eles deveriam perguntar aos refugiados de 1893[11] como tudo aconteceu.

– Está certo, querido, mas você não conseguirá encontrar uma solução para o problema na cama e a esta hora da noite. O remédio com certeza não é ficar sem dormir e virar um bicho-papão, não é?

– Claro que não. Eu sei. Mas eu sinto alguma coisa. Sinto dentro de mim. Ela me cutuca, me incomoda o tempo todo. Assim que fecho os olhos, o relógio começa a funcionar... tique-taque, tique-taque... Acho que estou ficando louco!

– Ora, por favor, marido! Apague o cigarro. E beba mais água. Tome! Vamos para a cama. Amanhã é um novo dia. Dizem que normalmente acontece justamente o oposto do que se sonha.

Cevat não queria incomodar mais Fikriye e fez o que ela disse. Fikriye apagou a lamparina. Eles se deitaram de costas um para o outro. Por um tempo, Cevat continuou pensando de olhos abertos sem deixar Fikriye perceber que ele ainda estava acordado, até que suas pálpebras ficaram pesadas e ele acabou cedendo ao sono.

Cevat se viu subitamente na rua Kallavi. Sem saber como ou quando. Como uma sombra, ele estava escon-

11 Refugiados que fugiram da Guerra turco-russa.

dido em uma esquina, de onde podia ver claramente a porta do prédio onde a cadela Latifet morava. *Ele deve vir esta noite*, ele pensou. Já devia estar chegando.

Depois ele notou outra sombra um pouco adiante. A outra sombra estava observando a porta por um ângulo diagonal. Tinha de ser o outro policial que trabalhava para o paxá Necip. Ele acendeu um fósforo e o segurou diante do rosto ao olhar na direção do outro homem. Depois de mostrar o rosto claramente ao outro policial, pôs o dedo indicador nos lábios e fez sinal para o outro permanecer em silêncio. O homem inclinou a cabeça com constrangimento. Cevat repetiu o mesmo movimento só para irritar o sujeito.

Aí a porta do prédio rangeu. Estava aberta. Uma silhueta alta, usando um chapéu-coco, surgiu na entrada. Como era de esperar, o homem era Charles. Contudo, depois de dar alguns passos, ele notou Cevat. Parou. Cevat saiu das sombras e falou:

– Aqui, mösyö, temos todo o tempo do mundo. Aqui o tempo não é medido em segundos, mas entre o dedo e o gatilho.

Charles fez um movimento repentino para tirar a mão do bolso, mas Cevat foi mais rápido. Muito mais rápido. Ele descarregou em Charles as sete balas no pente da novíssima Nagant belga que fora dada aos agentes de polícia em Istambul – uma arma tão capaz quanto um rifle. Ao mesmo tempo, grunhiu "Deus!" com uma voz de arrepiar os cabelos.

Outra voz que gritava "Deus!" se misturou ao grito de Cevat. Novamente, era Fikriye.

– Minha nossa! Você quase me matou de susto!

– Não, não. Não se preocupe, mulher. Não vai acontecer de novo. Eu acho que encontrei a solução certa.

•

Charles abriu a porta do apartamento com uma excitação que não sentia há meses.

– Anna! Anna!

A maneira como Anna correu para a porta era condizente com a felicidade do marido. Ela estava curiosa.

– Adivinhe! – gritou Charles.

– O quê? – perguntou ela sorrindo. O que foi, o quê?

– Que dia é hoje?

– Terça-feira – respondeu Anna, surpresa.

– O que vai acontecer no sábado?

Mais surpresa ainda, Anna perguntou:

– O quê? Vamos, Charles! Não me enlouqueça! Apenas diga.

Charles pôs a mão no bolso do paletó grosso e tirou dois pedaços de papel compridos.

– O que acha que é isso?

– Bilhetes de trem – disse Anna sorrindo.

– Mas para onde?

A mulher fingiu estar amuada para ele ver que ela estava cansada desse joguinho.

– Para Viena! – gritou Charles. – Viena! Sábado vamos para Viena!

– O quê? – Agora Anna sorria de orelha a orelha. – Sério? Não é piada, é? Por favor, diga que não é. Por favor, diga que é verdade, Charles!

– E é, é verdade! – ele respondeu. – Sábado de manhã partimos para Viena. De primeira classe. Ficaremos num hotel cinco estrelas lá. E pelo menos por um mês, meu amor!

Eles se abraçaram felizes. Charles envolveu a cintura de Anna com os braços e a levantou no ar. Depois ele começou a girar com ela nos braços. A melodia da valsa *Danúbio azul* os acompanhava. Eles fizeram círculos e mais círculos pela sala, até ficarem zonzos. Os dois caíram no chão. Charles apoiou a cabeça no colo de Anna e eles começaram a rir. Riram até sua risada soar mais como um berro.

•

Os dias da semana, exceto sexta-feira, eram como dias de férias para Cevat, cuja vida recentemente se centrava nas sextas-feiras. Nesses dias, perdia o equilíbrio interior, ficava tenso e, acabado o dia, ficava aliviado mais uma semana.

Portanto, depois de sexta-feira, ele moderava um pouco o ritmo da sua caçada para poder relaxar pelo menos por dois dias. Além disso, acreditava ter encontrado a solução para o problema. Achava que "uma força superior deve ter querido desse modo", pois a solução lhe ocorrera num sonho e, assim, ele tentava interpretar seus sonhos e também se concentrava na tarefa futura. Com certeza ele precisava fazer algumas alterações. Primeiro, não podia desempenhá-la usando uniforme oficial, como no sonho. Isso não era necessário, não é? Quer dizer, falar aos países europeus "Então, um policial otomano baleou um de seus cidadãos bem no meio da rua" não seria benéfico para ninguém. Ele tinha um armário cheio de roupas para se disfarçar e, no fim, se decidiu por um traje com estilo moderno europeu.

Domingo seria adequado. Todo domingo, Charles saía de sua casa no distrito Tünel. Normalmente pouco depois do meio-dia. Ele seguia Charles até escurecer. Charles sairia de novo depois de deixar o Edifício Moravitz ou possivelmente a casa de Latifet. E não havia necessidade de sete balas, como no sonho. Uma bala no pescoço resolveria. Não seria inteligente fazer muito barulho e criar um tumulto. Contudo, um único tiro não deixaria ninguém agitado no distrito de Pera. Em outras palavras, nada como a confusão do sonho iria ocorrer. Era preciso ter frieza o tempo todo quando se executava algo em nome do Estado. Finalmente, Cevat tinha conseguido superar o próprio ego. Mas, se dependesse dele, se decidiria por outras coisas.

Na manhã seguinte ao sonho, foi imediatamente a Yildiz e confidenciou suas intenções ao paxá Necip, acabando por levar uma bronca. Gritando, o paxá lhe disse:

– Você é um bandido ou o quê? Não foi o Estado que lhe deu essa arma? Se cada pessoa confundir o que vê em sonho com um negócio de Estado, o que seria deste país? E você nem sequer se envergonha de incomodar um poderoso paxá com essa besteira! Eu não ouvi nada, você não me disse uma palavra sobre isso. Entendido? Agora desapareça da minha frente!

Depois de dizer tudo isso, o paxá Necip colocou o indicador sobre os lábios, assinalando a Cevat que ficasse quieto. Depois, com uma voz que até ele teve dificuldade em ouvir, disse a Cevat:

– Boa sorte, meu filho!

Quando Cevat abriu a boca para responder, o paxá indicou de novo para que ficasse em silêncio e fez sinal para que saísse. Isso bastou para Cevat.

No domingo de manhã, ele tomou seu lugar perto da casa de Charles na rua Sofyali. Chegou o meio-dia. A tarde. Depois, a noite caiu. Cevat não via luz em nenhuma janela. Desconfiou. Não tinha deixado passar um único dia sem vigiá-los. Onde eles estavam?

Naquele momento, Anna e Charles estavam em sua cabine e pareciam um casal recém-casado indo para Viena em lua de mel.

•

Quando eles se casaram seis anos antes, viajar em lua de mel era algo que consideravam uma tradição burguesa. Os "fundos da organização" definitivamente não podiam ser usados para tais coisas pessoais. Além disso, não tinham dinheiro próprio. Até houve épocas em que pensaram a esse respeito. Ansiavam passar um tempo sozinhos em algum lugar. A ideia de sair em lua de mel inspirou ambos do mesmo modo que a ideia de ir para o paraíso inspirava um devoto, embora os dois tentassem esconder o que sentiam. Contudo, incapaz de esconder sua emoção, Charles disse uma vez:

– O dinheiro da organização não é nosso? Se não cometermos roubos, como a organização poderia conseguir dinheiro próprio?

Mas ele logo se recompôs.

O Hotel Excelsior parecia um paraíso sonhado há seis longos anos. Tinha suítes fabulosas, cada uma com sala de estar, quarto e banheiro. Embora considerassem a decoração da sala e do quarto vistosa demais, opressiva e monótona, o banheiro fazia esquecer todo o resto. Tinha uma magnífica banheira com pés em garra e água quente contínua. Havia sabonetes perfumados e coloridos espalhados e toalhas imaculadamente brancas arrumadas nas prateleiras dos armários. Cinco tipos diferentes de sais de banho tinham sido cuidadosamente dispostos numa prateleira ao lado da banheira.

Por um mês, o Hotel Excelsior seria o nome do paraíso para eles. E Charles faria o possível para que durasse pelo menos esse tempo. Por isso ele se decidira pela Schumpeter Brothers.

Schumpeter Brothers era uma fábrica de carruagens. E que carruagens! Verdadeiras obras de arte. Os clientes certamente eram importantes, mas o que mais importava aos fabricantes era que sentiam prazer com seu trabalho. Os dois irmãos ainda eram jovens, mas a grande qualidade de seu trabalho estava prestes a se tornar a maior tragédia de suas vidas, porque o automóvel fora recentemente inventado. Eles mostraram sua reação a essa nova invenção esmerando-se ainda mais. Contudo, quanto mais refinados se tornavam, mais demorava a produção e, evidentemente, mais aumentava o custo.

Carruagens passaram a ser um passatempo só de ricos.

Os dois irmãos gostaram do casal belga. Na verdade, o modo como o casal não se preocupava com o custo do pedido podia gerar perguntas sobre como e onde eles arranjaram o dinheiro, mas eles estavam no Hotel Excelsior e isso explicava certas coisas. Pelo menos parcialmente. Provavelmente, eram de famílias ricas. Mas Fritz Schumpeter rebateu a suposição do irmão Wolf dizendo:

– Isso é impossível. Eles não são difíceis de agradar. Em primeiro lugar, filhos de famílias abastadas têm autoconfiança. Em segundo, pessoas ricas são exigentes. Terceiro, elas não fazem amizade rapidamente com as pessoas. E a quarta coisa é que os ricos não demonstram afeição em público. Além do mais, ricos não parecem que vão cair de um penhasco a qualquer momento e essa é a quinta coisa.

– Está certo, Fritz, está certo – disse o irmão. – Você parece a vovó falando! Então está dizendo que não devemos aceitar o pedido?

– Não, não quis dizer isso. Sabe, eles só têm duas condições para a carruagem. Afora isso, temos total liberdade. Tudo o que eles exigem é que acrescentemos um porta-malas que comporte noventa quilos sem chamar a atenção e que a pintura seja preta. Só. Salvo isso, eles não me deram a impressão de que vão se meter no nosso trabalho.

– Por que quer preto, Charles? – perguntou Anna.

– Preto é a cor da morte e da anarquia.

– Não acho que esse negócio tenha algo a ver com anarquia – respondeu Anna.

Charles ficou irritado, mas tinha de estar preparado para enfrentar um pouco de oposição.

– Está certo. Mas é a cor da morte.

– Quando estiver pronta, vamos dar uma volta nela, não vamos? – quis saber Anna.

– Vamos, querida. Mas não por muito tempo, pois teremos que voltar logo.

– Sabe, vou andar num carro com pneus de borracha pela primeira vez.

– De agora em diante, sempre andará, meu amor.

Em 17 de maio de 1905, um telegrama em código foi enviado da embaixada otomana em Viena para a Sala do Telégrafo do Palácio Yildiz:

> "As pessoas em questão estão passeando pela cidade ponto encomendaram carruagem de Schumpeter Brothers ponto hospedadas no Hotel Excelsior ponto até agora nada suspeito ponto ficarão sob observação até segunda ordem ponto
>
> Rüstem"

O albanês Rüstem era o primeiro membro da inteligência otomana que tinha estudado ciências políticas na Sorbonne. Ele desdenhava os métodos clássicos e acreditava fortemente que a profissão de policial seria bem-sucedida e avançaria apenas através de métodos de análise bem planejados. Portanto, se ele conhecesse o circassiano Cevat provavelmente os dois não se dariam bem e discutiriam com frequência sobre detalhes. A compleição clara de Rüstem e seu excelente francês permitiam que ele fizesse investigações como se fosse um cavalheiro francês. Ele não precisava se transformar em vendedor de *boza* nem em dervixe. Não precisava perseguir o casal suspeito de rua em rua; em vez disso, ele podia ler o jornal no saguão do hotel e beneficiar-se dos serviços de inteligência de Ingrid, a funcionária da recepção, e de Tania, a responsável pelo andar. Bem, Deus tivera a bondade de criálo como um homem bonito!

De início, ele não compreendera por que esse casal jovem seria tão "importante e perigoso". Mas percebeu que eles podiam ser perigosos, sim, após observá-los por um tempo e coletar mais informações sobre eles.

Por exemplo, desciam para jantar como todos os recém-casados. Pediam uma garrafa de vinho tinto e se olhavam como namorados apaixonados. Depois pediam a segunda garrafa e, à medida que suas taças esvaziavam, seus sorrisos começavam a mudar. Às vezes sons estranhos como soluços, choro ou até mesmo grunhidos podiam ser ouvidos na mesa deles. Parecia que estavam descendo juntos por um poço. Rüstem não ficaria surpreso se o casal sumisse de repente da cadeira e se evaporasse no ar.

Além disso, eles se recompunham juntos no mesmo momento, quase através de uma força de vontade mútua, mas claramente cansados com esse esforço, e então subiam para o quarto.

Eles pegaram emprestada uma carruagem dos irmãos Schumpeter, de quem tinham encomendado um carro novo em folha, e iam passear no campo. Sempre começavam a viagem alegres como crianças. Depois algo acontecia e o homem começava a conduzir a carruagem como um maluco. Eles podiam morrer, mas continuavam rindo alto. Até a mulher começar a gritar. Só assim o homem saía daquele transe e, apavorado com o que acabara de fazer, parava a carruagem e se abraçavam.

"Mesmo assim... mesmo assim", Rüstem se dizia. "O problema é: o que eles vão fazer com uma carruagem tão cara? Só os ricos podem ter uma assim e eles não são ricos. Sabemos de onde veio o dinheiro deles... da resistência armênia. Mas por que tanto dinheiro é gasto desse jeito? O custo do hotel, uma carruagem muito cara, comidas e bebidas suntuosas... Por quê? Disseram que eles tentariam assassinar Sua Alteza o sultão! Mas que diabos está acontecendo aqui?"

Depois ele se cansava de tanta adivinhação e se perguntava: "Foi para isso que você estudou na Sorbonne?!" Mas quase imediatamente recomeçava os exercícios mentais intermináveis referentes às consequências de um assassinato bem-sucedido ou malogrado. Normalmente ele chegava a uma conclusão, que não era muito diferente da de Cevat: "A trama de assassinato deve ser evitada a qualquer custo. Até a pior ordem é melhor do que o caos e, no momento, ninguém pode governar o império melhor do que o sultão. Os Jovens Turcos estão enfraquecendo muito o Estado para poderem tomar o poder, mas quando fizerem isso também não conseguirão tirar nada de bom dele!".

•

– Eles voltaram, mulher! Voltaram!

Cevat entrou em casa gritando a plenos pulmões. Era como se estivesse falando de parentes que tinham vindo de longe. Ele andava tão depressa e pesadamente que a casa de madeira rangia sob seus pés. Fikriye quase ficou feliz por eles terem voltado. O homem abatido e derrotado tinha desaparecido, deixando em seu lugar este homem jovem e bem apanhado que parecia ter força para esmagar uma pedra! Na verdade, desde que se perdera nesse caso, ele não fazia força para muita coisa...

– Fico feliz por você – ela disse sardonicamente. – Não vai mais sentir saudade.

– Não fale assim, mulher! E se eles vieram secretamente? E se foram para outra casa e nós perdermos a pista deles?

– Como eles viriam? Voando? O que mais eles poderiam pegar além de um trem ou um barco? E você está controlando as chegadas. Sua alegria é por pura maldade.

– Maldade por quê?

Cevat ficou perturbado. Quem mais entenderia a dificuldade de sua situação se nem sua esposa entendia? Quem neste mundo iria querer se tornar um assassino assim do nada? Ou ele se tornava um assassino e lavava as mãos depois ou choraria como um órfão com o resto do povo quando o sultão fosse para o paraíso. Isso sem falar no sangue dos inocentes que seria derramado depois...

"Domingo", ele disse a si mesmo. "Domingo será um novo dia!"

Dizem que quando são poucos dias eles passam depressa, mas isso não aconteceu no caso de Cevat. Ele se debatia com incontáveis detalhes quando estava acordado e também enquanto dormia. Visitou o paxá Necip e disse à sua excelência que "eles" tinham voltado. O paxá reagiu com a maior indiferença dizendo que já sabia, causando outra preocupação em Cevat, que passou a se indagar qual era o problema com o paxá.

No domingo, a vigilância que começou na rua Sofyali terminou um pouco adiante da casa da vadia Latifet. Depois de muitas horas matando a saudade causada pela longa viagem a Viena, Charles estava quase desabando de exaustão quando saiu do apartamento da mulher. Ele não estava em condição de perceber a sombra que começou a segui-lo a poucos metros de distância.

Cevat estava excitadíssimo. Quando mirou com a sua Nagant, murmurou: "Finalmente!" Daquela distância, ele poderia acertar até uma formiga. E com certeza não erraria o pescoço à sua frente. Bem quando ia apertar o gatilho, sentiu um golpe pesado na nuca. Apagou e caiu para a frente como um saco.

Charles olhou na direção do som. Viu uma sombra correndo e um homem deitado no chão. O homem parecia europeu. Charles imediatamente se recompôs e acelerou o passo até estar longe do local.

No Palácio Yildiz na manhã seguinte, o paxá Necip estava bravo com um policial que o ouvia com o rabo entre as pernas:

– Seu idiota! Nós mandamos você para impedi-lo, não para arrebentar com a cabeça dele!

•

– Você é realmente bom esbajando dinheiro, mösyö Charles – disse Konstantin na sala de pé direito alto do apartamento número oito do Edifício Morativz, que estava cheia de fumaça de cigarro e charuto.

– Estou cheio do seu sarcasmo, Kabulian – respondeu Charles. – Era a minha vida em jogo e provavelmente sobrevivi por pura sorte no outro dia!

– Senhores, por favor, acalmem-se! – interferiu Hristofor, intercedendo como um comerciante, e continuou: – Charles, tem certeza de que o homem que caiu tinha uma arma na mão?

– Claro que tenho. Eu ouvi o som que ela fez quando caiu e também vi seu brilho.

Hristofor parecia calmo.

– Mas então quem foi o anjo da guarda que salvou sua vida? Tem alguma ideia?

– Não – respondeu Charles. – Não consegui ver nada. Tudo o que vi foi uma sombra que saiu correndo. Seja quem for, sabia o que estava fazendo. Fez o que devia fazer. Salvou minha vida e depois desapareceu tão depressa quanto um coelho.

– Mais do que saber quem é ele, precisamos saber quem se beneficiará mais com essa situação do ponto de vista político – disse o sabe-tudo Konstantin.

Charles foi sarcástico:

– Bravo! Está certo, vamos fazer uma lista. Seus homens estavam me seguindo e foram eles que me salvaram. Bom, você diz "não" a esta possibilidade. Ou então os Jovens Turcos estão informados sobre o meu plano e querem que eu o execute. Estão me seguindo o tempo todo e, dessa forma, puderam salvar a vida do herói deles. É possível isso? Não! Esses sujeitos não conseguem nem se proteger. Então foi alguém de uma das agências europeias de inteligência? Bom, é possível. Pode ser uma opção. Mas a pergunta que devemos fazer é: qual Estado europeu iria querer que o sultão otomano morresse? A resposta pode ser todos ou nenhum. Mas, se um deles quer que isso aconteça, iria precisar de nós?

– E o que resta, Charles? – perguntou Hristofor. – Você pôs todo mundo na lista e, pelo que consigo entender, não acha provável que possa ter sido nenhum deles. Quem sobra?

– O pior, Hristofor. O pior.

– Não fale por charadas, por favor – pediu Konstantin.

– Quem pode ser o pior, Konstantin? Quem é o pior ator dessa horrível paródia?

– O sultão – disse Konstantin. – Está querendo dizer que foi o sultão que salvou a sua vida?

– Não pense nele como uma pessoa, Konstantin. Pense de modo geral. Até você consegue isso. Alguém que agiu em nome do Estado ou do governo. E, se foi assim, então estamos acabados. Não entende?

Hristofor falou com preocupação:

– Se isso for verdade, então quer dizer que eles estão lendo as nossas mentes e brincando conosco.

– Esta é a possibilidade mais forte – confirmou Charles. – Eles nos seguem. Estão informados de cada passo que damos e nós temos sido muito descuidados porque confiamos nas embaixadas, achando que ninguém pode encostar um dedo em nós a não ser que nos peguem em flagrante. Só que eles querem que avancemos em direção ao alvo.

– Então querem que matemos o sultão? – zombou Konstantin.

– Não. Não se tudo o que eu disse for verdade. Não. Eles não nos deixariam fazer isso. E isso é o pior. Eles estão nos dando corda. Querem que executemos uma tentativa de assassinato fracassada, pois assim terão uma justificativa para acabar com homens como você. Depois acabam com todos nós.

– Então quem tentou matá-lo? – perguntou Konstantin com ares de quem tinha feito uma grande descoberta.

– Uma pessoa, ou mais de uma, que está tentando impor regras próprias – respondeu Charles. – Talvez um ato contra todas as regras, talvez alguém que considere o sultão mais importante do que sua própria vida ou outro grupo... Quem sabe? Mas eu acho que a pessoa que quis me matar e a que me salvou pertencem ao mesmo lado. É o que eu penso.

– Se estiver certo, e parece que pode estar, o que sugere? – perguntou Hristofor. – No fim, estamos discutindo isso para chegar a uma decisão, não é mesmo?

– Cancelar – disse Charles com firmeza. – Cancelar a trama de assassinato.

A atitude de Konstantin foi seca:

– Oh, mösyö Charles tem sua lua de mel em Viena, nos faz cuidar das contas, abre o champanhe e fica nisso. Que vida doce!

– Você esqueceu o cérebro hoje, Konstantin? – rebateu Charles. – Estou tentando dizer uma coisa e é só nisso que pensa? No hotel e na lua de mel? Tem problemas com a sua esposa?

– Não brinque com as palavras, Charles. Nós pertencemos a uma organização, não somos andarilhos como você. Anarquia, individualismo e que tais para nós são bobagens. Nós somos a voz do nosso povo. A voz do povo armênio. Além do mais, você não está fazendo nada em prol de uma crença ou ideal. Agora está fazendo pelo dinheiro. Sabe o que significa isso? Significa que deve aguentar as consequências!

Se Charles não tivesse tirado o sobretudo, Konstantin poderia estar morto.

– Seu idiota! – gritou Charles, o rosto rubro de raiva. – Estou falando com você o tempo todo, sua besta! Estou dizendo o que vai acontecer ao povo que você diz representar. Foi uma vizinha sua que pediu: "Caro tio Konstantin, pode fazer a gentileza de matar o sultão para mim?". Ela disse: "Eu imploro"? Estou dizendo para você recuperar a razão!

– Devemos perguntar à organização? – disse Robina. Era a primeira vez que ela falava. Os homens olharam surpresos para ela como se dissessem "você também estava aqui?".

Hristofor aproveitou o silêncio que se fez para dizer:

– Robina tem razão. Mas, Charles, você vai manter sua palavra se a resistência insistir na decisão inicial, não é?

Embora tal possibilidade o afligisse, Charles assentiu com a cabeça. Manteria a palavra.

Konstantin interrompeu:

– Isso não basta! Tudo, todos os preparativos devem continuar como se nada tivesse acontecido até a organização nos informar sobre sua decisão final.

Robina e Hristofor inclinaram a cabeça concordando.

•

Eram meados de junho. O calor úmido de Istambul grudava nas pessoas como cola. Os bairros dos ricos estavam quase vazios. As casas de verão tinham sido preparadas e as pessoas da cidade tinham ido para os subúrbios perto do mar, que se abria como um leque.

Todas as janelas da casinha de madeira de dois andares em Eyüp estavam abertas na esperança de que a brisa refrescasse pelo menos um pouco o ar no seu interior.

Cevat estava andando pela casa como um elfo que tivesse morrido e ressuscitado. Se é que isso podia ser chamado de andar.

O objeto pesado – fosse o que fosse – tinha fraturado seu crânio. Sofrera uma concussão, ambos os olhos haviam ficado injetados de sangue e por uma semana inteira ele só conseguiu perceber a luz e pontos escuros ao seu redor. A pior coisa foi que sentia que seu corpo tinha se partido ao meio. Embora já tivesse transcorrido quase um mês desde o dia em que fora golpeado na cabeça, ainda sentia uma dor lancinante toda vez que queria levantar da cama, e cada passo que dava e cada palavra que dizia causavam mais dor. Fikriye não parava de amaldiçoar: "Que queimem no inferno!". Mas era difícil acreditar que ela se contentaria com esse castigo se conseguisse pôr as mãos nas pessoas que fizeram aquilo.

Até os sonhos de Cevat tinham mudado. Nos sonhos, seus olhos saltavam na sua nuca para vasculhar a escuridão e encontrar quem o tinha atingido e de qual direção viera o golpe.

Felizmente, exceto nos primeiros dias em que teve dificuldade para concatenar seus pensamentos, ele estava lúcido. Muito embora não fosse um homem "culto" como Rüstem, a profissão na qual subira com muito esforço lhe ensinara muitas coisas.

Uma delas fora que era realmente difícil, aliás, quase impossível, distinguir quem era quem em "assuntos de Estado". Pessoas que eram arqui-inimigas de manhã podiam se tornar grandes amigas ao meio-dia, só para tentarem eliminar uma a outra novamente à noite. Quem rachara sua cabeça não precisava necessariamente ser seu inimigo. Conceitos como "amigo" ou "inimigo" só existiam fora dos "assuntos de Estado". Contudo, se a política entrava no jogo, então esses conceitos passavam a não ter sentido. Partiriam sua cabeça se isso fosse considerado "necessário". E as pessoas que fizeram isso podiam lhe dar uma medalha no dia seguinte. Ou primeiro deixá-lo incapacitado fisicamente e dar-lhe uma pensão porque agora estava aleijado. E mais, seriam os que mais se lamentariam. Exatamente como fez o maligno paxá Necip!

O grande paxá tinha vindo até Eyüp para visitar a modesta casa de Cevat e dissera ao policial:

– Meu bravo rapaz, você se tornou um veterano!

Ao dizer isso, os olhos do paxá se encheram de lágrimas e, tentando conter o choro com dificuldade, falou que grande herói era Cevat. Até lhe deu cinquenta moedas de ouro antes de sair. De fato, Cevat desconfiou um pouco do paxá desde o primeiro dia. Sorvendo com muita dificuldade o chá que Fikriye lhe trouxe após a saída do paxá, por causa dos lábios inchados, Cevat rosnou: "Demônio!". Agora ele tinha certeza absoluta de que o paxá queria mesmo ver o sultão morto, mas imediatamente pensou que isso não era possível. Não. Nessa questão, ele pensava exatamente do mesmo modo que Charles. Tudo o que o paxá Necip queria, e conseguiu, era que Cevat não pudesse executar o que planejara fazer. O paxá queria que o inimigo avançasse com facilidade. Talvez ele quisesse obter algo deixando os outros levarem a cabo a trama.

Mas por que ele não conversou com Cevat aberta e diretamente para que ele não fizesse o que ia fazer em vez de mandar que fraturassem seu crânio? Assim que se fez esta pergunta, Cevat não conseguiu evitar uma risada. Na verdade, estava rindo de si mesmo. Apesar de tantos anos no ramo, ele ainda agia como uma criancinha às vezes. Mas uma das primeiras coisas que tinha aprendido como policial era que "quando se trata de questões de Estado, tudo era dito apenas a idiotas". Mímicas e gestos ou coisas estranhas, como sorrir ao gritar, ou dizer coisas duras sorrindo, foram inventados por algum propósito.

Embora não houvesse um documento escrito, as palavras ainda assim podiam ser perigosas. Poderiam ser ouvidas. E no futuro alguém poderia lhe perguntar: "Não foi você quem pronunciou essas palavras?". Mesmo que você dissesse que não, uma minúscula contração no seu rosto poderia entregá-lo. Não era o paxá Necip, mas Cevat que devia saber ou talvez se lembrar dessa regra.

Cevat chamou Fikriye. Ele falava com muita dificuldade, suando com o calor opressor de junho.

– Nós já casamos nossas filhas. Graças a Deus nossos genros são homens bons. Não precisamos nos preocupar. Estou com 45anos e você, 40. A maior parte da nossa família mora em Manyas. Até temos uma terra ali. Escute-me. Vou pedir a aposentadoria. Vamos pegar nossas coisas e nos mudar para lá. Eu sempre quis ter cavalos. E criar cavalos ali é rentável. Dizem que dá para ganhar bastante. Afinal, possuímos alguma coisa lá. Vamos ter uma fazendinha à beira de um lago e viver o resto da vida em paz, sem precisar de ninguém. O que me diz?

– Eu digo Deus seja louvado, marido! – respondeu Fikriye. – Você me foi oferecido pela segunda vez na vida. Eu tenho como dizer não a você? Mas e se ali sua mente se estagnar? E se continuar tendo aqueles sonhos? E se o lugar onde nos instalarmos se tornar um inferno para você? O que faremos então?

– Quer saber, esposa? Deus abençoe o homem que rachou minha cabeça. Imagine se eu tivesse matado o estrangeiro. O sujeito seria inocente? Bem, naquela data ele era. Eu sei que ele vai para o inferno tanto quanto sei meu nome. Mas ele não vai se contentar em ir para o inferno apenas. Ele vai transformar este país num inferno também. Eu sei disso e poucas pessoas também sabem. Mas, se o tivesse matado naquela noite, eu ficaria conhecido como "o oficial de polícia bandido que matou um estrangeiro inocente". Eu esperava que a coisa ficasse em segredo. Maldição! Se eu tivesse mesmo atirado no sujeito, o paxá Necip teria me entregado aos lobos, que me fariam em pedaços. Agora eu penso diferente. Agora eu digo: "Cevat, meu amigo, por que seria sua responsabilidade salvar o grande Estado otomano?" E quando eu digo isso, uma voz dentro de mim responde: "Ei, Cevat! Você está dando uma de covarde!". E quando eu respondo para essa voz: "Estou mesmo! Eu vou fugir! Nove décimos da hombridade servem para fugir e o décimo restante se preocupa em não ser apanhado!". Mulher, eu sei que coisas terríveis vão acontecer deste ponto em diante. Lembre-se disso: estamos em 1905. Se vivermos o suficiente, estes nossos olhos testemunharão fatos! Temos genros, temos sobrinhos. Eles que se envolvam nessas coisas daqui para frente, para mim chega. Eu vou fugir!

Após uma pequena pausa, perguntou a Fikriye:

– Você acha que demora a juntar nossas coisas?

– Primeiro você deve sarar, marido. Não temos muitas coisas para embalar – respondeu Fikriye e acrescentou: – O que vamos fazer com a casa?

– Nossa caçula não tem casa própria. Damos a casa para nossas filhas e elas se acertam entre si – disse Cevat. Depois olhou pela janela para as águas do Golden Horn fluindo lentamente. Caía água dos seus olhos há um mês, por isso ele não sabia se estava vendo a água ou suas lágrimas.

•

Os carregadores de rua de Istambul constituíam um mundo dentro de um mundo, ou um povo dentro de um povo... Ser carregador em Isrambul era um privilégio. Nem todo homem que pensava poder carregar cargas pesadas ou aquele que não encontrava serviço e dizia "vou tentar ser carregador" tinha a possibilidade de se tornar um. Acima de tudo, o privilégio de ser carregador estava intimamente ligado a uma característica inata: era preciso ser curdo. Em outras palavras, primeiro você tinha de ser curdo e daí podia se inscrever na guilda e, sendo aprovado, se tornava carregador. Tais qualidades inatas eram um requisito também em outras guildas. Por exemplo, era preciso ser de Çankiri para trabalhar como barqueiro. Para vender rolinhos de gergelim você tinha de vir sabe Deus de onde. De modo semelhante, você precisava ser de Akseki se quisesse ser comprador e vendedor de papel. Para encurtar a história, as guildas tinham requisitos específicos.

Por outro lado, a profissão de carregador abrangia mais um aspecto: você tinha um poder diferente se fosse um deles. Primeiro, a guilda de carregadores era a que tinha mais membros. A maioria desses trabalhadores vivia em grupos em pequenos quartos de solteiro, que mais pareciam um quartel, porque eles não tinham como trazer suas famílias para Istambul. Quando havia necessidade, esses homens se reuniam de repente e mil ou dois mil deles apareciam nas praças públicas. O trabalho deles não era fácil. Pedia pura força física. Os carregadores morriam jovens. Mas, enquanto estavam vivos, podiam matar qualquer um. Eles usavam varas da grossura dos seus punhos para equilibrar as cargas nas costas e para se apoiar, mas, quando precisavam, usavam essas varas com maestria para outros propósitos também. A comunidade armênia em Istambul que se revoltou em 1895 teve de enfrentar repentinamente essas varas. E, após esse incidente, as varas passaram a ser "bem conhecidas".

Quando os carregadores brigavam entre si, era um verdadeiro desastre. Nessas situações, os policiais responsáveis pela área preferiam observar a rixa a distância, enquanto seus colegas mais jovens e inexperientes olhavam apavorados os carregadores que rachavam a cabeça de outros com a vara, surpresos com a indiferença de seus superiores. Se eles tivessem algum bestunto, depois de testemunhar a primeira briga entenderiam que carregar uma arma fornecida pelo Estado não era algo visto como um privilégio pelos carregadores. No final do combate, o assunto não ficava mais sério se o único dano fossem cabeças sangrando ou membros quebrados. A guilda cuidaria de seu próprio problema. Contudo, se alguém fosse morto, então a guilda procurava o assassino e o entregava ao chefe de polícia. Ela jamais violava as leis do Estado.

Em casos assim e durante incidentes como o de 1895, todos os carregadores se uniam para se tornar um só olho e ouvido e esperavam pelo que o "carregador-chefe" diria – as palavras dele eram lei e ordem para a classe. Em 1905, o carregador-chefe era uma lenda. Ele tinha visto oito sultões. Se não houvesse outra razão, seu poder ofertado por Deus podia ser explicado pelo fato de ele ter vivido até a idade de 131 anos. Alguém precisaria de mais razões para acreditar nos milagres dele quando conseguiu ter um filho aos noventa anos?

Esse homem, que morava no segundo andar de uma pensão junto com seu grupo, se chamava Zaro Agha. Qualquer palavra que saía de sua boca era uma ordem para todos os carregadores. Eles faziam exatamente o que ele dizia.

Naquele quente dia de junho, haveria uma visita importante no quarto de Zaro Agha na pensão de pedra. Todas as bandejas e bules de café foram limpos até brilhar e o quarto parecia impecável. Zaro Agha vestiu sua roupa de festa, seu relógio de bolso e seus sapatos foram lustrados. Diferentes sorbets foram preparados e postos para gelar entre grandes cubos de gelo.

O paxá Necip tinha ido até a Ponte do Galata em sua carruagem fechada. Ali a carruagem parou no pátio de uma pensão. A roupa do paxá era comum e não dava nenhuma pista sobre sua identidade. O oficial que o acompanhava estava vestido da mesma maneira. Eles até pagaram pedágio para atravessar a ponte e caminharam até a pensão em Eminönü. Zaro Agha os recebeu na frente do prédio e tentou beijar a mão do paxá como se ele não fosse um idoso de 131 anos. Contudo, o paxá estava preparado – ele não seria pego de surpresa – e deixou que sua mão fosse beijada, pois, se tivesse que voltar aqui, ele não poderia passar por Eminönü à vontade pelo resto de sua vida. Ele foi ágil e tentou beijar a mão do velho. De fato, isso não passava de retribuição a um gesto. Todo mundo sabia que Zaro Agha não deixaria o paxá beijar sua mão. Então, só restou a eles se abraçarem calorosamente. E foi o que fizeram.

– Como está, meu pai? – perguntou o paxá Necip.

– Louvado seja Deus, paxá. O bondoso Deus ainda nos dá nosso pão – respondeu o outro.

E eles foram para o quarto de Zaro. Um perguntou com detalhes sobre a saúde do outro. Primeiro foram servidos os sorbets e depois o café. Enquanto tomavam o café, o paxá Necip entrou no assunto. Começou louvando a guilda de carregadores. Depois passou a enaltecer os feitos milagrosos de Zaro Agha, com ênfase especial em sua louvável lealdade à Sua Alteza o sultão. Elogiou então o inesquecível heroísmo que Zaro Agha demonstrara e o apoio que dera durante o incidente de 1895, quando Istambul fora tomada pelo caos. Se alguém de fora ouvisse essa conversa, acharia que o paxá Necip era um soldado e os carregadores eram velhos amigos militares.

Então Zaro Agha começou a falar e disse como Sua Alteza o sultão era fantástico, como o serviço do paxá era importante para o Estado, mas como, por outro lado, os impostos pagos pelos carregadores eram muito altos, os lugares onde eles moravam estavam em péssimas condições e como a guilda não tinha recursos financeiros para reformar e manter esses locais. Acrescentou ainda que, apesar dessas condições adversas, os carregadores estavam prontos para auxiliar o Estado no que fosse preciso e a qualquer hora que seu apoio fosse necessário.

O jovem oficial que viera com o paxá não queria acreditar no que estava ouvindo. Teria o grande paxá otomano vindo até esse buraco apenas para trocar essas gentilezas?! E ficou esperando ouvir as palavras importantes, que jamais foram pronunciadas. Depois de pedir permissão para sair, o paxá Necip se pôs de pé. O mesmo fizeram Zaro Agha e seus homens. O grupo inteiro caminhou devagar até o portão da pensão. A cerimônia do abraço foi repetida e, num dado momento, o paxá se inclinou e cochichou algo no ouvido de Zaro Agha. Essa única fala era a essência da visita:

– Caro Agha, prepare-se. Sua Alteza precisará de seus serviços novamente dentro em breve.

O Agha parou, depois puxou o paxá para si com um abraço apertado enquanto sussurrava ao seu ouvido:

– É uma honra.

Naturalmente, nem o jovem oficial, nem os carregadores ouviram esta breve troca de palavras.

•

Passava do meio-dia quando o paxá Necip voltou ao palácio. Nem mesmo as inúmeras árvores na região do Yildiz ajudavam a refrescar o ar opressivo. Assim que o paxá entrou em seu escritório, foi informado de que o sultão o esperava. Ora, não era um sinal favorável. Trocou de roupa o mais rápido que pôde e correu para seu inevitável destino.

Quando se viu na presença do sultão, deparou com uma cena à qual não estava acostumado. O sultão caminhava pela sala como um prisioneiro andando para frente e para trás em sua cela. Foi o primeiro encontro dos dois naquele dia e, normalmente, o sultão perguntaria ao paxá como ele estava. Dessa vez, não.

– Onde estava, paxá Necip? – foi a primeira frase que saiu da boca de Abdulhamid.

– Fui visitar Zaro Agha, Majestade.

– E por quê? Estava com saudade dele?

O sultão não acompanhou a segunda pergunta com um gesto ou uma expressão facial, o que perturbou ainda mais o outro homem. Necip sentiu uma gota fria de suor descer pelas suas costas.

– Eu só queria ouvir os problemas dos carregadores e reforçar nossos laços, Excelência. Porque os carregadores são importantes.

Rolou uma segunda gota de suor.

– Qual o motivo para esse súbito interesse pelos carregadores, paxá?

– Como eu disse, Alteza, fazia muito tempo que eu não perguntava sobre eles e não queria que se sentissem ofendidos.

Abdulhamid parou de andar. Depois, foi vagarosamente até sua escrivaninha e sentou-se na cadeira que ele mesmo tinha feito. Necip esperou, incapaz de se mexer e empapado de suor.

– Escute bem, paxá – disse Abdulhamid. – Em que ano estamos?

Necip ficou atônito com esta pergunta aparentemente sem sentido.

– Como disse, Alteza?

– Em que ano estamos?

Se Necip não estivesse vendo os olhos do sultão, ele poderia até pensar que o coitado estava ficando senil. Mas esta não era uma pergunta de um homem senil.

– Mil novecentos e cinco, Alteza.

– Correto – disse o sultão num sussurro audível que também soou como um grunhido. E continuou: – Então, paxá, quantos anos se passaram desde 1895?

– Dez anos, senhor.

– O que aconteceu nesses dez anos, paxá? Não, não se incomode. Eu lhe digo. A Guerra Grega. Creta se tornando autônoma. A captura de Mytilene pelos franceses. A insurreição civil na Macedônia. E mais uma insurreição na Macedônia... Está certo, paxá?

– Sim, Excelência.

Agora Necip estava inteiro molhado de suor. Se isso demorasse muito, ele poderia até pegar uma pneumonia.

– Há algo mais a ser dito?

– Não, senhor.

– Então tivemos uma conversa sobre história muito útil, certo?

– Tem razão, Alteza.

O sultão Abdulhamid raramente usava as costas da mão em seus gestos. Na verdade, só fazia isso quando estava furioso. Como agora. E foi como ele usou a mão quando dispensou o paxá Necip.

•

Charles tinha uma relação íntima com seu trabalho. Toda vez que essa relação era estimulada, desaparecia a pergunta "por que" e a pergunta "como" passava a dominá-lo. Ele achava que já tinha suficientes "por quês". "Por que temos que assassinar o califa do mundo muçulmano numa sexta-feira – dia sagrado – após a oração e com milhares de testemunhas?" Ele fez esta pergunta de várias maneiras. "Por que quer queimar a sua casa? Por que, por que, por quê?" Mas esta pergunta não era mais importante.

Tinham lhe dado um lugar parecido com uma adega no porão de uma oficina para que desempenhasse seu trabalho. A oficina funcionava normalmente durante o dia e apenas Haçodur, o capataz, que ficava ali depois que os assistentes e os aprendizes saíam, abria a porta para Charles. Mesmo assim, o homem não desceu uma vez sequer para falar com Charles. Fosse o que fosse que tivesse ouvido falar sobre Charles, aparentemente impedia o capataz de ter uma relação amigável com ele.

Charles começou seu trabalho construindo um enorme baú de ferro fundido, grande o suficiente para encher o porta-malas da carruagem feita pelos Schumpeter em Viena. Usou painéis com meio centímetro de grossura. Uma coisa ele sabia: a força desse baú para guardar seu conteúdo seria igual ao poder que liberaria quando explodisse. Quando soldou as chapas de metal, produziu algo semelhante a um caixão, e pensou que este caixão podia enterrar milhares, talvez centenas de milhares de pessoas.

Agora estava na hora de produzir uma substância que ele conhecera através de um capitão que tinha desertado do exército francês muitos anos atrás: melinita. Ele já tinha trazido toda a matéria-prima necessária para produzir a melinita. Esses materiais não chamavam a atenção de ninguém desde que fossem mantidos separados. Charles tinha ácido pícrico suficiente para fazer setenta quilos de melinita. Ele levou três dias produzindo a substância. Toda a atenção e concentração o cansaram. Desde que ele e Anna fizeram planos para o futuro, começou a temer a morte e não queria que pedaços do seu corpo grudassem nas paredes sujas daquele buraco infernal. No fim, e com o máximo cuidado, conseguiu dispor a maldita substância no caixão de ferro.

Quando teve de trabalhar nos fragmentos da bomba, Charles se dedicou a isso com paixão. Ele ia fabricar dezoito quilos de estilhaços. Tinha que "tirar o máximo partido" de cada porção de cinquenta gramas dos dezoito quilos. Tinha de entalhar superfícies afiadas e cortantes em cada peça. Tinha de assegurar que cada peça tirasse mais de uma vida. Se eles estavam tão decididos a "queimar a própria casa", então teriam o que queriam. E, quando essa casa estivesse em chamas, Charles já estaria em Antuérpia, provavelmente acendendo a lareira com as chamas que levaria daqui... Enquanto todo mundo estivesse cuspindo na cova de Konstantin, Charles estaria saboreando o vinho comprado com o dinheiro dele. Foi assim que ele entalhou toda a raiva que sentia por seus pretensos velhos amigos, por Konstantin, todas as regras, sua vida e muitas outras coisas. Despendeu muito tempo e energia trabalhando peça por peça, mesmo com os dedos doendo e sangrando.

Depois disso, colocou os estilhaços na melinita com muito cuidado, como se estivesse embrulhando um presente. Colocou os pavios nos lugares certos, tirou os cabos dos orifícios que tinha feito no baú e, finalmente, soldou e fechou a última peça de ferro do baú.

Ficou parado diante do baú preto e o examinou como um escultor que observa sua obra-prima. Ele o acariciou e se perguntou quantas pessoas na Terra eram capazes de construir essa peça fabulosa. E também sentiu orgulho de si mesmo. Depois, pôs o sistema de ignição ao lado do baú, ajustou o cronômetro, mas não o acionou. Deu alguns passos para trás, levantou as mãos e disse:

– Eis a Máquina Infernal! – Ele adorou o nome. – Máquina Infernal! – repetiu.

Depois assumiu a postura de um pregador ao falar alto:

– Seu demônio trará o inferno para a sua porta!

Ele se acalmou bruscamente. Lembrou-se da sede da polícia em Bruxelas. Segundo dia de interrogatório. O dia em que tudo o que ele viu foram seus dedões do pé em carne viva, sem as unhas. Sua cabeça estava entre os joelhos, o sangue que pingava de algum lugar de seu corpo fazia uma poça no chão, enquanto ele olhava fixo para o lugar onde deveriam estar as unhas. Ficou se perguntando várias vezes: "Onde elas estão?" Muito depois, Latifet lhe fez a mesma pergunta:

– Querido, o que aconteceu com as unhas dos seus dedões?

– Eu as perdi por causa de uma doença de pele, Latifet.

– Nossa! E dói?

– Não muito. Já me acostumei.

O superintendente da polícia, que Charles presumiu estar por volta dos cinquenta anos pela voz, perguntou:

– Charles, conte quantas pessoas você treinou na produção de bombas-relógio.

– Eu não treinei ninguém.

– Hummm... Quer dizer que você sabe fazer.

Silêncio.

– Quem o ensinou a fazer bombas?

Silêncio.

– E o capitão francês? Qual é o nome dele?
Silêncio.
– Henri, este não é seu amigo, Charles?
– Charles, quer ver a Anna também?

Sua mente voltou para o porão. Com dificuldade. *Espero*, ele pensou, surpreso por ter pensado em turco. *Espero que este incêndio que vocês começaram chegue até vocês, que vocês não possam mais falar tão à vontade em seu próprio covil. Talvez nesse dia abençoado eu possa respirar aliviado.*

•

Na primeira vez em que Hristofor, Konstantin e Robina viram a Máquina Infernal, o porão não parecia mais um porão, tinha se tornado um templo bizarro. Pela primeira vez, Charles se sentia poderoso diante deles.

Eles se sentiram dentro da câmara de um faraó numa pirâmide egípcia. Deram a volta na caixa por vários minutos, em silêncio, com reverência, olhando-a de ângulos diferentes. Estenderam a mão para tocá-la, mas desistiram. No fim, depois que Charles aprovou, eles a tocaram com receio. Começaram a tremer.

Depois de um tempo, Konstantin conseguiu falar:

– Está pronta?

– Quase, disse Charles.

– O que significa "quase"?

– Significa que se estivesse totalmente pronta nós explodiríamos com ela. Portanto, o sistema de ignição só será conectado depois que colocarmos o baú na carruagem.

Konstantin assentiu, fingindo que tinha entendido.

– Mas – acrescentou Charles – a menos que metade das duas mil e quinhentas moedas de ouro seja entregue a mim até amanhã à noite vocês mesmos podem ligar o sistema de ignição.

Os três se entreolharam e Robina perguntou, desgostosa:

– Não confia em nós?

– Me dê um motivo válido para eu confiar.

– Está certo – interrompeu Hristofor. – Você vai receber mil duzentas e cinquenta moedas de ouro no local de troca. Terá o restante quando o serviço estiver feito.

Charles concordou com a cabeça.

•

– Está muito nervoso hoje, queridinho – disse Latifet.

Deitado nu sob as cobertas ao lado de Latifet, Charles disse:

– Latifet, eu não gosto da palavra "queridinho".

– Então aja mais como um leão, assim posso chamá-lo de "meu leão", queridinho – disse teimosamente a mulher.

– Vou embora, Latifet.

– Para onde? Por quê?

– Porque sim. Sabe, eu também tenho um país. Estou cansado de tudo. Decidi que chega, vou voltar para casa. Além disso, não me lembro de termos prometido que seria para a vida toda, certo?

Latifet fez uma carranca e concordou. Depois, inesperadamente, ela o importunou de um modo sapeca:

– Mas foi gostoso, não foi, mösyö Jorris?

– Foi, minha linda – disse Charles abraçando-a. – Foi maravilhoso.

– Então, venha – ela falou rindo –, vamos fazer amor uma última vez.

– Não gosto de dizer "última vez" – retrucou Charles.

Latifet, que estava pronta para beijá-lo, levantou a cabeça.

– Não importa, meu leão. Além do mais, quem sabe? Talvez eu acabe indo para a Bélgica.

– Claro que sim – respondeu Charles e começou a cobrir a mulher de beijos.

•

Pomac Necmi era um dos refugiados de 1893. Ele sabia que tinha desferido uma pancada forte demais na cabeça de Cevat. Bem, ele tinha dificuldade em controlar a força que usava. Desde aquele dia, ele ficava se dizendo: "Deus o proteja! Imagine se o sujeito tivesse morrido! Eu teria queimado aqui e no outro lado...".

A missão que ele secretamente evitara quando Cevat estava nela agora se tornara de sua inteira responsabilidade. E, por isso, Necmi reclamou: "A culpa foi toda minha!". Ele deveria ter poupado Cevat para que o experiente policial pudesse encerrar o caso.

Na sexta-feira, 14 de julho, os "estrangeiros" começaram a agir de modo bem estranho. Primeiro arrumaram suas coisas, colocaram-nas nos carros e depois as levaram para a Estação Ferroviária Sirkeci para serem despachadas para a Europa. Ficando com apenas duas malas, eles entraram num carro e se hospedaram no Hotel Londres. Não informaram ao hotel o tempo exato de sua estada, só mencionaram "algumas noites".

Pela manhã, eles saíram, passearam a pé pela Cadde-i Kebir, olharam vitrines, comeram e estudaram coisas que já tinham visto milhares de vezes antes, como se fossem turistas recém-chegados. Parecia que estavam se despedindo da cidade. Além disso, agiam de maneira frívola. Depois de juntar todas as informações que tinha, Necmi tentou em vão chegar a uma conclusão que não fosse uma mera conjectura.

Tudo foi exatamente igual até quarta-feira, 19 de julho. Nesta manhã, Necmi chegou ao hotel e ficou esperando na frente do prédio. Depois de um tempo, começou a desconfiar, entrou e perguntou por "mösyö e madame". Ao que o recepcionista respondeu:

– Foram embora.

– Eu não disse que devia nos informar imediatamente? – rosnou Necmi. – Ele poderia matar o homem ali mesmo.

– Eles não levaram as malas – disse o funcionário. – Além disso, saíram sem pagar a última noite! Pensamos que eles estivessem saindo para passear.

– Quando eles saíram?

– Era quase meia-noite.

– Meia-noite, hein? Agora você vai ver. Vai para a delegacia e vai aprender uma lição!

Ele não tinha tempo a perder. Saiu correndo do hotel e tentou chegar à delegacia de Pera o mais rápido possível. No caminho, ficou resmungando: "Você está numa encrenca, Necmi, meu amigo! Vai poder subir na carreira no Iêmen. Rapaz, você está acabado!"

•

Na sexta-feira, 21 de julho, as unidades militares se puseram a caminho como de costume. O povo saiu de casa e a elite voltou de suas mansões de verão – todos enchiam as ruas de Yildiz de novo. A procissão da oração de sexta-feira substituía as esplendorosas celebrações de vitórias e conquistas do passado. Tudo o que restara para o império celebrar aparentemente eram as "sextas" e parecia que continuaria assim por muito tempo.

Como sempre, a multidão estava entusiasmada e alegre, enquanto os soldados estavam emocionados. Uma ordem atrás da outra foi ouvida e ninguém queria fazer nada que pudesse prejudicar o curso harmonioso da cerimônia. Estrangeiros curiosos também tinham tomado seus lugares.

Em meio ao alvoroço, uma carruagem preta, nova em folha, que estava parada ao lado do Setor Real da mesquita, não chamou a atenção de ninguém. Talvez pertencesse a um paxá ou a um diplomata europeu. Carruagens estrangeiras não tinham permissão de entrada no país sem um documento que comprovasse ser da embaixada pertinente. Em outras palavras, não havia com que se preocupar. Além disso, os cavalos não eram desconhecidos. Tinham sido comprados de Meshur Komik Hasan três dias antes por 48 moedas de ouro. Ambos eram lindos cavalos alazões.

O sol impiedoso queimava a praça. Os vendedores de sorbet faziam suas orações primeiro para Deus e depois para os inventores da procissão de sexta-feira: em poucas horas, eles venderiam o que normalmente vendiam em meses. Pessoas que chegaram cedo começariam a sentir fome apesar do calor que acabava com o apetite de qualquer um e assediariam os vendedores de comida e bebida. Era de se pensar que todos os vendedores ambulantes de Istambul estavam aqui.

Depois, tudo o que ocorria toda sexta-feira começou a acontecer de novo: o chamado à prece, a abertura dos portões do palácio, a banda, Sua Alteza o sultão, sua entrada na mesquista e então o desaparecimento. Nem os sensíveis ouvidos dos cavalos conseguiriam ouvir o som do "tique-taque".

A oração ritual terminou. O sultão se encaminhou para a saída junto com os paxás e cavalheiros presentes à oração. Ele os recompensou adequadamente dizendo coisas agradáveis. Nunca gostou de ficar fora do palácio muito tempo e todos estavam cientes disso. Portanto, fazê-lo demorar-se quando ele estava do lado de fora era considerado muito rude e sempre causava olhares críticos.

Cemaluddin *Efendi*, o Xeque ul-Islam[12] não se incomodava com esses olhares raivosos. Nenhum desses olhos acusadores podia compreender os problemas de um chefe religioso. Quando ele começou a falar com o sultão, soou um tanto informal. E, surpreendentemente, o sultão aceitou tal comportamento. Logo tinha passado um minuto e quarenta e dois segundos.

Primeiro a praça e depois toda a cidade de Istambul foram abaladas por um bramido jamais ouvido. O som de balas de canhão seria o zumbir de abelhas comparado a esse barulho. Foi tão alto que ninguém podia acreditar que tal som existisse.

Depois veio a onda de choque: pedaços de corpos e órgãos que pertenciam às pessoas que estavam nas vizinhanças da bomba choveram sobre aquelas que estavam longe. Até as vítimas menos afetadas tiveram hemorragia interna em menor ou maior grau.

---

12 Chefe religioso oficial do Império Otomano.

Depois vieram os primeiros gritos... E fizeram as pessoas recuperar a lucidez. "O que aconteceu?", "Onde aconteceu?", "Tem alguém ferido?". Totalmente conscientes agora, elas abriram bem os olhos e vasculharam as redondezas. Aqui um cavalo agonizando, com os órgãos espalhados, ali uma mão aberta como se estivesse acenando para alguém... Pernas, cabeças, dedos, pés com sapatos e sangue, sangue por toda a parte... Gente chorando e gente sem chorar. Gente gritando e gente incapaz de gritar. Gente tentando se levantar e andar, mas percebendo que faltava uma perna. O distrito chamado Yildiz pintado de escarlate. Um pandemônio que se abateu sobre Istambul sem pretensão de desaparecer.

Abdulhamid observou a cena do alto da escadaria que leva ao Setor Real. Depois ele levantou as duas mãos, para acalmar o povo que corria em pânico. Ele manteve as mãos no ar até ser visto e então acenou para as pessoas com toda tranquilidade, fazendo sinal para que parassem e se acalmassem. Depois disso e com toda compostura, ele caminhou até a carruagem que ele mesmo conduziria. Subiu no veículo, pegou as rédeas e, ao começar a sair, ergueu uma mão e saudou seu povo. Sua saudação foi respondida com apreço:

– Longa vida ao sultão!

Um único grito se transformou numa torrente de gritos. Era como se o povo estivesse competindo para sobrepujar o rugido da bomba.

O sultão entrou no Palácio Yildiz e desapareceu atrás do portão. Os embaixadores se apressaram em segui-lo. Por cerca de vinte minutos ele ouviu suas lamentações em relação ao desastre. Depois se retirou para o harém e começou a trabalhar no caso.

Vinte e seis pessoas morreram e 58 foram gravemente feridas pela bomba. As carcaças de vinte cavalos estavam espalhadas pela praça. Enquanto os bombeiros tentavam lavar a área com água tirada do mar, os detetives e investigadores de todos os departamentos da polícia e todas as patentes já tinham começado a estudar a área do desastre.

•

Se a data não fosse 21 de julho de 1905, os hóspedes com certeza teriam adorado essa casa de pedra com varanda à beira-mar, em Samatya.

O doce frescor das vinhas na varanda pergolada, o cheiro do mar, os odores exalando da cozinha provavelmente fariam um forasteiro presumir que aqui morava gente feliz.

Mas, nesse dia específico, essa casa era uma prova cabal do fato de que nada era realmente o que parecia ser.

A dona da casa era ninguém menos que a idosa tia Maria de Hristofor Mikaelyan. As pessoas na casa não queriam que ninguém de fora as visse, por isso sentaram-se juntas no pequeno quarto do segundo andar e esperaram tensas pelas notícias. A Máquina Infernal tinha explodido. Isso eles sabiam. Todo mundo sabia. Como todas as casas em Samatya, essa casinha também tinha "sentido" a explosão nas janelas e portas, que tremeram violentamente, e demorara um pouco para o tremor diminuir e passar. Mas teria o resultado desejado sido atingido? Agora, Konstantin, Hristofor e Anna esperavam Charles e Robina, já que eram eles que dariam a aguardada resposta.

A velha Maria estava diante da casa, tentando colher alguma informação útil pelo que ouvia na rua e, de vez em quando, ela relatava o que descobria para Hristofor, que se esgueirava até o andar de baixo para falar com a tia.

A vizinhança inteira estava em pânico. Diziam que o sultão estava vivo, mas e se tivesse morrido? O que seria deles? Sabiam o que pessoas que eram suas vizinhas há séculos eram capazes de fazer quando tomadas pelo ódio. Eles mandaram alguns jovens para o setor muçulmano do distrito de Kocamustafapasa e pediram que investigassem rapidamente e voltassem para relatar as descobertas. Homens mais velhos e mais sábios correram para casa assim que ouviram a explosão, alertaram suas famílias, puseram suas armas nas cintas e encheram os bolsos de balas. Certamente eles sabiam que fazer isso não seria muito útil, mas se consolaram dizendo: "Pelo menos não vou para o inferno sozinho!". Como se tivessem combinado de antemão, os donos das lojas baixaram as persianas assim que a explosão foi ouvida, igrejas fecharam as portas, crianças que estavam brincando na rua foram levadas para dentro de casa, às vezes à força, puxadas pela mão ou orelha quando não queriam entrar. Um silêncio agourento caiu em todos os bairros e as pessoas esperaram pela tempestade que podia ser iminente ou não.

Estar alerta já era uma segunda natureza dessa gente. Portanto, até a pessoa mais distraída notaria imediatamente o estrangeiro e a estrangeira que se esgueiraram para a casa da tia Maria. Robina pertencia ao pessoal de Pera e aqui ela parecia estrangeira. Charles era estrangeiro mesmo.

Assim que subiram ao segundo andar, Robina deu a notícia terrível:

– A máquina de Charles matou todo mundo menos o sultão!

– Estamos acabados – sibilou Hristofor. Ele parecia um cadáver.

– Ei, espere aí – disse Konstantin. Depois perguntou a Charles: – Por quê? Por que aconteceu isso?

– Calculamos o tempo cinco vezes – respondeu Charles. – E sempre foi um minuto e quarenta e dois segundos. Verificamos cinco vezes! Hoje foi a sexta vez e por um motivo qualquer o sultão não apareceu. O que eu podia fazer?

– Como ficaram as coisas após a explosão? – Konstantin perguntou a Robina. – O que acha que vai acontecer em seguida? Acha que os turcos podem fazer alguma coisa depois que voltarem para casa?

– Acho que não – disse Robina. – Primeiro, o sultão agiu com muita decência. Ele acenou para o público para acalmá-lo. Mas, acima de tudo, fizeram o povo se dispersar em diferentes direções e impediram ações em grupo. Se tivessem intenção de se vingar, não teriam feito isso. Acho que vão lidar como um caso normal do departamento de polícia.

Konstantin parecia abatido:

– Isso é ruim. Muito ruim. Hristofor tem razão. Estamos acabados.

– Vamos entrar para a história, Konstantin – disse repentinamente Hristofor. Sua voz era firme, mas sarcástica. – Vamos entrar para a história, mas como um grupo de malucos!

– Pare de falar assim – interrompeu Charles. – Agora temos de pensar como vamos nos salvar. Esta é a verdadeira questão!

Todos se entreolharam. Sim, este era o ponto principal agora. Nenhum deles queria se ver na Prisão Bekiraga[13] ou na Casa de Detenção, nem mesmo numa delegacia

13 Prisão conhecida pelas condições extremas dos prisioneiros.

comum. Imaginar-se à mercê de um interrogador de uma masmorra turca bastava para fazê-los estremecer. Charles e Anna podiam comparar essa possibilidade só com o que tinham vivenciado na Bélgica. Mas os outros conheciam pessoas que tinham passado por essas coisas ali. Tinham visto gente com o corpo e a alma alquebrados, embora a acusação fosse por delitos de menor importância. Sim, a verdadeira questão era: "Como vamos escapar agora?".

– Quanto tempo podemos ficar aqui? – perguntou Charles.

– Não muito. Não mesmo – disse Hristofor. – Como viu, as casas são perto umas das outras. Temos que fugir o quanto antes. Talvez hoje à noite. Se sobrevivermos até lá, é claro.

A dúvida de Hristofor deixou o ar mais pesado ainda.

– Existe outro lugar aonde possamos ir? – quis saber Anna.

– O mais importante – falou Konstantin – é que os cinco não podem se esconder no mesmo lugar. Temos que nos separar. Se um de nós for pego, pelo menos os outros podem ficar em segurança. Robina e Hristofor fazem um grupo, depois Anna e Charles, e eu fico sozinho. É assim que temos de lidar com o assunto. Todos nós temos passaporte. Podemos procurar um barco francês, russo ou italiano. Cuidado com os navios britânicos. Eles podem ser perigosos. Podem nos entregar. Se conseguirmos entrar num navio, acabou-se o problema. Chegar a qualquer porto europeu resolve tudo. Mas o difícil é não ser pego até ir a bordo. Façamos assim: eu saio daqui assim que escurecer e arranjo três casas seguras, que não atraiam a curiosidade. Amanhã à noite vamos para essas casas separadamente. Depois eu consigo lugar nos barcos e aviso vocês. Aí poderemos dizer "viva a liberdade!". Não é mesmo, Charles?

O medo profundo que eles compartilhavam possibilitou a Charles sorrir até mesmo para Konstantin, mas ainda assim foi um sorriso amargo. Nenhum plano a não ser esse parecia plausível. Suas vidas dependiam desse idiota.

•

Pomac Necmi aguardava diante do paxá Necip, que fora indicado para presidir a comissão que investigaria o atentado. O paxá, perdido em meio a muitas pastas espalhadas em cima da mesa, finalmente ergueu a cabeça e olhou para Necmi.

O que salvou Necmi de ser mandado para o Iêmen foi uma espécie de cumplicidade entre ele e o paxá, que se originava na cabeça quebrada de Cevat. Mesmo assim, Necmi não conseguia evitar pensar que não devia forçar muito a sorte.

– Então, qual é nossa posição, Necmi *Efendi*? – perguntou o paxá.

– Sobre qual assunto, senhor?

– Só queria saber sobre sua família, seus filhos, Necmi. Espero que estejam bem... Que assunto acha que é, idiota? A vigilância, é lógico! Não é responsável por ela?

Necmi corou. Felizmente ele tinha informações úteis a apresentar. Desde que Anna e Charles deixaram o Hotel Londres e se evaporaram no ar, Necmi não conseguia dormir. Quando açoitar os pés dos funcionários do hotel não resolveu, de repente lhe ocorreu que os estrangeiros sempre preferiam ir de carruagem a algum lugar. Por que os condutores protegeriam um casal estrangeiro? Não protegeriam! Assim, o homem que levou o casal contou a

Necmi que o tinha deixado em Tophane e que ali os dois encontraram um homem de meia-idade. Os cocheiros de Tophane contaram a ele que levaram as três pessoas para Kasimpasa. Os barqueiros disseram que os levaram para o outro lado, para Eminönü. E, de novo, alguns condutores informaram a Necmi que levaram os passageiros para Samatya. No fim, os informantes em Samatya disseram que a tia de Hristofor morava "naquela casa ali".

No momento, a casa estava sob vigilância constante. Com a confiança de ter amealhado tanta informação, Necmi disse:

– Eles estão em nossas mãos, senhor.

– Então sabe onde estão.

– Como sei o meu nome.

– Qual é seu nome? – brincou o paxá.

Necmi ficou meio chateado, mas o que ele podia fazer?

O paxá continuou e agora falava seriamente:

– Sabe, Necmi, esse não é um caso de polícia comum. Essa missão engloba muitos aspectos políticos. Qualquer um, relacionado ao assunto ou não, pode se tornar parte do problema. Portanto, nem uma folha vai se mexer naquela casa e ninguém será preso sem minha ordem. Entendeu?

– Sim, senhor! – respondeu Necmi.

– Temos que pegar esses homens vivos, Necmi. Eu quero saber tudo o que eles sabem. Devemos pegá-los quando se mexerem e sem tumulto. Temos de fazer isso tão bem que até eles ficarão surpresos pelo modo como serão pegos. Devem estar com o moral totalmente abalado. E, antes que tenham chance de se recuperar, temos que começar a interrogá-los. Eles devem cuspir a história com facilidade. E o mais importante: temos que descobrir se eles têm algo a ver com os Jovens Turcos. Se você topar com um indício, por menor que seja, investigue.

Essa é a coisa mais importante a fazer. Se me conseguir uma prova disso, farei de você um superintendente. Está bem, meu corajoso amigo?

– Sim, senhor. Mas senhor... preciso perguntar uma coisa... Se eu tiver uma chance de agarrá-los sem confronto, devo pegá-los imediatamente ou continuo a segui-los?

– Se nenhum turco estiver envolvido, quer dizer, se não tiverem ligação com um turco, então os prenda o quanto antes. Mas, se tiverem, continue a segui-los.

•

O que diferenciava a equipe de Pomac Necmi da de Cevat ou dos amigos deste era o método de seguir suspeitos. Cevat e os homens que ele treinou ficavam visíveis para suas "presas", fosse como vendedor de suco, *boza* ou rolinho de gengibre, ou como alguém vestindo uma roupa totalmente diferente. A presa os via em diferentes ocasiões, mas nunca percebia que estava sendo seguida.

Necmi e sua equipe, por outro lado, aplicavam um método baseado em não ser visto por quem estava sendo seguido. Talvez ambos os métodos tivessem suas dificuldades, mas seguir pessoas tentando não ser visto é exaustivo física e emocionalmente. Esses homens sempre enfrentavam a ameaça de pular num arbusto cheio de espinhos, deitar na lama gelada ou empoleirar-se como gatos em lugares perigosos, arriscando-se a partir a cabeça. Bem, se conseguiam resultados melhores em comparação com o outro método, era discutível. Contudo, às vezes esse era realmente o único artifício a ser usado.

Estando no distrito de Samatya, tendo que ficar de olho na casa da tia Maria, com todas as casas próximas umas das outras e ruas muito estreitas e, principalmente, com todos na vizinhança se conhecendo, não dava para fingir ser algum vendedor. Então, só restava se posicionar perto das várias saídas do distrito e ficar "invisível".

Quando Konstantin saiu da casa na noite de 21 de julho, ele não viu nada suspeito em torno. Primeiro um cachorro latiu enquanto ele caminhava e depois mais dois cachorros latiram em resposta. Eram sons bastante comuns numa cidade com tantos cães de rua. Na noite de 22 de julho, Konstantin ouviu os mesmos sons de novo quando voltou para a casa de Maria.

Às dez e trinta da noite, primeiro Hristofor e Robina saíram da casa. Cinco minutos depois, Anna e Charles os seguiram. Mais cinco minutos e Konstantin apareceu e sumiu na escuridão. Todos tomaram direções diferentes. E sombras semelhantes a animais seguiram cada um deles no meio da noite.

•

Anna e Charles fizeram um longo percurso de Samatya a Gedikpasa. Eles não dormiam bem havia quatro dias e o que os mantinha em forma e alertas era a perspectiva do que teriam de enfrentar se fossem apanhados, mil duzentas e cinquentas moedas de ouro na mala e saber que o negócio tinha acabado.

O calor era sufocante, mesmo à noite. Anna teve dificuldade para andar no calçamento de pedra com salto alto e Charles lutava contro o sono, mal conseguia manter os olhos abertos. No fim do caminho, eles mais se arrastavam do que caminhavam. Por instantes, eles pararam diante de uma casa de três andares.

– Número 33 – disse Charles. – Deve ser esta. Combina com o que nos disseram.

De orelhas em pé para ouvir qualquer barulho, eles deram mais uns passos e bateram à porta.

A porta foi aberta por um homem de cabelo grisalho, sobrancelhas grossas e um bigodinho, parecendo ter uns sessenta anos. Quando Charles abriu a boca para dizer "Kons...", o homem abriu a porta inteiramente e mandou que eles entrassem depressa. Ele fechou a porta imediatamente. Depois fez sinal para que o seguissem escada acima. No segundo andar, o homem os conduziu até um quarto grande com uma cama de casal – da qual eles não conseguiam tirar os olhos.

– Vocês vão ficar aqui – disse o homem. – Estão com fome?

Os dois responderam "não" ao mesmo tempo.

– Então, descansem um pouco. Não vou estar aqui quando acordarem, mas minha esposa estará. Ela está sabendo de tudo e não é muito falante, por isso não se preocupem.

Ele saiu e fechou a porta.

Quando Anna e Charles ficaram sozinhos, ambos encaravam a cama. Eles se despiram com esforço e finalmente se deitaram.

– Logo tudo isso estará terminado, meu amor – disse Charles beijando Anna na testa. Não demorou para os dois caírem num sono profundo, como se estivessem despencando num poço escuro.

– Mösyö, nem um fio do seu bigode deve se mexer – disse uma voz um tanto aguda que não parecia muito máscula.

Os dois deram um pulo na cama. Devia ser de manhã; o quarto estava claro com a luz. Um turco estava sentado na cadeira aos pés da cama e apontava um revólver para eles. Dois outros homens armados estavam em pé à porta. Mesmo que Charles e Anna quisessem se mexer, não conseguiriam. Estavam petrificados. O mesmo pensamento ocorreu aos dois: "Vai começar tudo de novo!".

– Tudo tem uma consequência, mösyö – disse Necmi, que era o homem sentado.

Charles usou sua última cartada e falou:

– Quem são vocês para invadirem assim nosso quarto? – Ele tentou mostrar raiva, mas parecia meio derrotado.

– E quem são vocês – retrucou Necmi com uma atitude desafiadora –, para tentar matar nosso sultão e assassinar nossos cidadãos, seus estrangeiros impertinentes? – Ele não queria falar demais, mas continuou: – Escute, mösyö. Agora vou revistar a cama e assim que tiver certeza de que não há armas nela, eu vou deixar o senhor e a dama se vestirem. Enquanto olho a cama, vocês podem se fingir de mortos ou vão morrer de verdade. Vocês nos causaram muitos problemas e, acreditem, eu vou adorar transformar isso em realidade. Entendido?

– Ficaremos imóveis – disse Charles, tentando parecer calmo.

Necmi levantou e inspecionou a cama e o corpo de Charles, que deixou as mãos à mostra. Anna estava com os olhos fechados, mas Necmi não tocou nela.

– Primeiro a madame – ele disse. – Nós vamos virar de costas. Vista-se.

Depois que Charles também estava vestido, suas mãos foram atadas com uma corrente presa por um simples cadeado. Mas não fizeram o mesmo com Anna.

Um carro preto grande e fechado estava parado diante da casa. Grupos de policiais esperavam em diversos pontos da rua. A porta de trás do carro foi aberta e Anna e Charles enfiados dentro dele. Dois homens ficaram com eles e Necmi se acomodou ao lado do condutor. Teve início uma viagem acidentada sob o olhar curioso da vizinhança. *Aparentemente, a morte vai nos assombar aqui,* pensou Charles.

•

Um francês falado de modo impecável assustou Charles.

– Qual é sua relação com Deus, monsieur Jorris?

Charles estava numa cadeira de madeira. Estava vendado e não conseguia ver a sala. Mas podia adivinhar como seria. Devia ser escura. Provavelmente havia coisas escritas nas paredes de pedra. Ou riscos que ajudam a calcular os dias passados dentro de uma cela. Como as marcas que se faz num jogo de cartas! Com certeza havia equipamento de tortura em um canto. Como os torturadores sabem que estão fazendo algo vergonhoso, eles sempre cobrem as ferramentas com um pano grosso e sujo. Pelo menos por um tempo.

A pessoa que falou francês tão perfeitamente devia ser "o demônio chefe". *Um bruto culto e de cabeça fria. Igual a mim,* pensou Charles. *Eles sempre começam atingindo a barriga. Que pergunta cretina! Ele acha que vou desmoronar com essa facilidade.*

– Eu gostaria de dizer que não tenho uma relação muito boa com Deus, mas isso significaria que aceito a existência de Deus. E acho que é isso que quer que eu diga.

– Pelo contrário – disse o albanês Rüstem andando pela sala. – Justamente o oposto. Se disser que Deus não existe, isso facilita nosso trabalho. Porque significa que nós dois estamos sozinhos nesta sala e neste universo. Gosta mesmo de acreditar nisso, monsieur Jorris?

– Não tem importância – disse Charles, tentando parecer indiferente. – Já que não há outra opção. Porque se Deus existisse, ele não poderia impedir você de fazer o que vai fazer...

– É um homem corajoso, monsieur. Mas gostaria que a mesma coisa acontecesse à madame Jorris?

– Que mesma coisa? – Charles perguntou tentando ocultar o nervosismo.

– Quero dizer, prefere que Deus não exista enquanto madame está sendo interrogada?

– Mesmo que eu quisesse, ele não seria capaz, pois não existe!

– Pela sua voz, tive a sensação de que deseja que Deus exista – respondeu Rüstem. – Porque seria melhor do que sua esposa ficar sozinha comigo, não é?

Charles ficou quieto enquanto Rüstem continuou a falar.

– Quero dizer, já que a consciência e a moralidade vêm de Deus e se, como diz, Deus não existe, imagine as coisas que eu posso fazer à sua esposa. Isso não o preocupa?

– Por que me preocuparia? Eu vi gente que dizia acreditar em Deus fazer coisas que nem você pensaria fazer.

– Ótimo – disse Rüstem. – Então está ciente de que só nós dois estamos aqui. Sozinhos. Aqui, eu sou tudo para o senhor. Posso ser o anjo da morte ou posso ser Gabriel. Qual deles prefere?

Que droga, pensou Charles. Ele estava mesmo diante de um bruto que se interessava por filosofia. Então ele falou:

– Por favor, me escute. Eu tinha apenas quinze anos quando aprendi sobre o método que chamam de "aturdir o peixe". E não creio que haja muitos métodos da polícia que eu ainda não conheça. Portanto, não se canse nem desperdice meu valioso tempo.

Rüstem ficou aborrecido. Esta pessoa estava comprometendo o nível da conversa.

– Nós, otomanos – disse ele –, sempre pensamos erroneamente que qualquer um que fale francês é um cavalheiro. Sabemos do nosso engano, mas continuamos a cometê-lo. – Depois ele acrescentou: – Tem razão, monsieur. Seu tempo é valioso. Milhares de pessoas lá fora mal podem esperar para vê-lo ser enforcado.

– Está certo – replicou Charles –, mas, por favor, não venha discutir filosofia comigo. Vá direto ao ponto.

– Tem algum parentesco com monsieur Gülbenkian, monsieur Jorris?

Se Charles fosse capaz de esquecer que era um prisioneiro, ele teria dado risada dessa pergunta tão boba. Mas não conseguiu evitar um sorriso.

– Monsieur, que tal fazer a pergunta certa?

Rüstem recebeu outro golpe duro.

– Quero dizer, deve ser muito rico, já que carrega mil duzentas e cinquenta moedas de ouro numa simples maleta.

Charles falou como uma metralhadora:

– Estou trabalhando nesta cidade há quatro anos e minha esposa dá aulas de francês. Nós economizamos.

Agora era a vez de Rüstem rir e como ele não era prisioneiro, estourou numa gargalhada.

– Gosta de ser tão brincalhão assim? Mas nem em quarenta anos teria essa quantia com seu tipo de trabalho!

Ele continuou a rir.

– Também nos dão gorjetas – respondeu Charles. Ele falou isso sorrindo, esperando divertir Rüstem ainda mais.

Contudo, Rüstem parou de rir tão subitamente quanto começara.

– Chega, monsieur. Vamos ao ponto, como queria.

Sua voz era dura e ameaçadora.

– Pelo que posso entender, "também nos dão gorjetas" quer dizer "vou zombar de vocês". Acha que não tem como ficar vivo e talvez esteja certo. Portanto, está dizendo "por que devo falar?" e fazendo troça. Monsieur, já fez bastante troça. Como pensou que não conseguiríamos pegá-lo e, mesmo que o fizéssemos, sua embaixada iria interferir e tornar nossa vida um inferno, andou por aí à vontade por vários meses. Implantou todos os seus planos abertamente, sem o menor medo. Deve ter pensado que estava numa de suas colônias na África. Mas se enganou. Alguém aqui irá definitivamente fazê-lo compreender esse fato. Portanto, a resposta à sua pergunta quanto a por que deve falar é bem simples: porque vai falar. Vai cuspir a história toda. Não vou machucá-lo. Não vou insultá-lo. Sua embaixada foi avisada e está esperando à nossa porta para criar um inferno se lhe fizermos algo e o senhor sabe disso. Talvez sua empresa também esteja se preparando para agir... Contudo, a despeito de tudo isso, vai responder a todas as nossas perguntas. Além disso, vai ter um enorme prazer de nos contar até mais do que pedirmos.

– Deve ser um excelente policial – disse Charles, outra vez com sarcasmo. – Está bem. Mas como isso será possível?

Rüstem estava esperando por esse momento desde o início da conversa. Era agora que ele mostraria seu trunfo.

– Não esqueceu os belos dias que passou no Hotel Excelsior, não é?

Ao pronunciar esta frase, ele fixou o olhar em Charles, como se fosse um gato esperando a hora certa para saltar sobre a presa. Não demorou para ter a sua primeira recompensa: Charles engoliu em seco, de modo tão visível que fez seu pomo de Adão subir e descer. Rüstem continuou a falar como se quisesse abrir por inteiro a pequena fenda que tinha conseguido criar:

– Oh, também se lembra daquela noite de sábado quando molhou sua esposa com champanhe? Vocês riram tão alegres! O senhor tinha conduzido a maldita carruagem feito um maluco e sua esposa começou a chorar como um bebê. O senhor a abraçou e tentou acalmá-la com beijos e carinhos... Bem, esta é a minha resposta à sua pergunta, monsieur Jorris. O senhor vai nos contar tudo, pelo bem da senhora Anna. Neste país, não gostamos de executar mulheres, mas, nesse caso, as coisas são um pouco diferentes. Vinte e seis inocentes morreram. E talvez o estado dos feridos piore e mais vinte e seis pessoas morram. Além do mais, o ponto mais importante é que o alvo era o sultão. E, nesse caso, eu lhe garanto que vai ter o azar de ver sua bonita esposa enforcada antes de morrer. Até verá a língua dela pendurada de sua bela boca. Mas tudo isso certamente pode ser evitado, monsieur. Se falar, sua esposa será poupada. E, graças ao senhor, não teremos de presenciar cena tão grotesca.

Charles engoliu em seco de novo. Obviamente, esses homens sabiam de tudo. Mas tinha uma coisa que Charles não sabia e era o fato de que o Palácio Yildiz nem sequer considerava executar Anna. Independentemente do crime que ela cometera, enforcar uma europeia jovem e bonita só traria ao grande Estado otomano danos e problemas. Rüstem sabia disso.

– Sim, monsieur? – ele disse. – Não ouvi sua resposta. Ou sua língua ficou presa só porque falei em língua pendurada?

– Pode tirar a venda?

Esta foi a primeira coisa que Charles disse após um longo e deliberado silêncio. Como se esperasse por esse pedido, Rüstem o acatou de maneira rápida e determinada. A luz do sol feriu os olhos de Charles. Rapidamente ele percebeu que suas conjecturas sobre a sala estavam erradas. Não estavam numa cela. Era um típico "escritório civil" com uma mesa, cadeiras, lápis etc. O homem de porte firme e bem-vestido à sua frente devia estar na casa dos trinta. Era loiro e tinha olhos azuis. "Não estamos na Bélgica", disse Charles a si mesmo. Por um instante, ele sentiu como se estivesse num torneio de cavaleiros em que as classes superiores competiam entre si. Ele esquecia frequentemente que era considerado membro da classe alta só porque tinha vindo da Europa.

– Então a recompensa é Dulcineia – murmurou, sem se dar conta de que não estava pensando, mas dizendo tais palavras.

Rüstem não tinha a mesma opinião.

– Tomara fosse Dom Quixote, monsieur. Nós também temos moinhos de vento. Pelo menos, todos os inocentes que foram feitos em pedaços estariam vivos agora.

– Posso perguntar seu nome?

– Claro. É Rüstem. Rüstem Elbasani.

Charles o estudou novamente e então disse:

– Eu vou cuspir tudo o que quiser, monsieur Elbasani.

•

Eles falaram por mais de três horas. Fumaram e Rüstem até mandou trazer chá. Charles cumpriu sua palavra e contou a Rüstem tudo o que sabia, nos mínimos detalhes.

Rüstem sabia que Charles estava dizendo a verdade. E os detalhes também. Por exemplo, a história do homem que gritou repentinamente atrás de Charles na rua Kallavi e caiu com uma arma na mão era admirável. O fato de que esse era o único incidente que não estava registrado nos arquivos da polícia no meio de tanta coisa que Charles contou o tornava mais interessante ainda. Aliás, exceto por poucas coisas insignificantes mencionadas durante o interrogatório, essa era a única coisa da qual Rüstem ainda não tinha ouvido falar. Mas não faria muito sentido se aprofundar no assunto. Não foi seu intelecto, mas seu instinto que lhe disse que seria mais inteligente não tocar nessa questão ou as coisas se complicariam ainda mais. Mesmo assim, ele tentou a sorte.

– E quanto aos Jovens Turcos? – perguntou. – Não tinha nem um turco em todas as reuniões e discussões?

– Monsieur Elbasani, eu também achei isso meio estranho, mas não. Não vi um único turco – disse Charles.

– Por que achou estranho?

– Porque o alvo principal era o sultão dos turcos. E, até onde sei, ele tem muitos oponentes turcos, e, além disso, eles são organizados. Por que eu não acharia estranho eles não estarem informados dos preparativos feitos ou não terem tomado uma atitude ou outra? No fim, se o poder mudar de mãos no império, eles é que devem estar mais interessados. Mas nunca estavam por perto, como se não existissem. E o que mais me surpreendeu foi a confiança inabalável que o pessoal da resistência armênia tinha nos Jovens Turcos. Quer dizer, se tivéssemos sido bem-sucedidos, talvez tivéssemos aberto caminho para esses sujeitos se apossarem do governo. Mas por que o pessoal da resistência armênia confia tanto nos Jovens Turcos? Isso foi o que mais me intrigou, monsieur.

– E quanto ao antigo capitão francês? Também não é estranho ele estar tão disposto a ensiná-lo a fazer uma bomba e fornecer-lhe toda a matéria-prima?

Charles deu risada.

– Não, monsieur. Não o conhece. Para ele, qualquer bebida é uma festa. Portanto, posso lhe dizer que compramos tudo dele por um preço bem baixo.

– Então não acha que eu poderia me infiltrar na sua organização na Bélgica se estivesse vestido como um mendigo? – perguntou Rüstem. – É tão fácil ou incomum para um homem que foi capitão do exército se tornar um vagabundo tão depressa e se dar com anarquistas e até ensinar habilidades tão "úteis"?

– Eu achava que era cético demais – respondeu Charles –, mas agora vejo que o senhor é muito mais do que eu.

– Isso só mostra que não conhece todos os truques da polícia como alegou que conhecia, monsieur – disse Rüstem. – Encare o assunto de uma perspectiva diferente. Do meu ponto de vista. Todos os adversários do nosso sultão estão na França. Até o menos respeitável deles, quer dizer, o pior como pessoa, se comporta ali como se fosse um herói lutando pela liberdade. E, enquanto isso, um capitão francês, que se chama de ex-soldado, ensina a um homem claramente perigoso como o senhor todos os detalhes da produção de uma bomba com explosivos que são usados apenas pelo exército francês. Se eu não suspeitar de uma coisa como esta, então não posso desempenhar minha função. E, se o senhor acredita com essa facilidade em um vagabundo com quem topou por acaso, também não devia se considerar um anarquista, monsieur.

Charles ficou em silêncio. Por um momento, ele teve as mesmas dúvidas de Rüstem e pensou em Henri. Ele tentou pensar o que Henri tinha dito sobre como e onde encontrou os explosivos. Ele não conseguia se lembrar. Depois que se aproximaram mais, Charles achava que conhecia bem Henri. "Seis meses", ele disse a si mesmo. Fazia seis meses que ele conhecia Henri e que todo esse negócio começou. Ele preferiu não responder a Rüstem.

Perto do final da terceira hora, Rüstem fez a última pergunta. Foi apenas uma pergunta pessoal.

– Mas por que, monsieur? Por quê? Acha que duas mil e quinhentas moedas de ouro são suficientes para explicar o fato de ter se tornado parte desse negócio e arriscado a sua vida e a da sua esposa? Se não, por que fez isso?

– O senhor não arrisca a sua vida o tempo todo? – perguntou Charles. – E tenho certeza de que seu salário não é muito alto.

– Mas existe uma grande diferença – respondeu Rüstem. – Eu moro aqui. Este é o meu país e eu acredito que Sua Alteza o sultão está se esforçando para fazer o melhor por seu povo. O próprio sultão é a ordem nesta terra. Mil povos diferentes vivem aqui e existe um equilíbrio muito sensível através de reações químicas muito estranhas entre esses povos. Nosso sultão representa esse equilíbrio e, se ele pode ser tão facilmente eliminado, isso significa que nada mais está seguro ou a salvo aqui. E também significa que todos os povos da terra otomana devem cuidar de si mesmos. Onde acha que isso vai parar? Pode ser o fim da lei e da ordem. Isso é o que se chama "ser forte como o golpe do seu punho". E então, monsieur, ninguém sequer terá tempo para chorar o que acontecer a ele. Claro, o que estou dizendo é puro "conservadorismo". Mas, na verdade, eu não sou dessas pessoas que acreditam que tudo o que é novo é bom. E o senhor? No que acredita?

– Eu já não sei mais – disse Charles. – Talvez eu não acredite nisso que chama de lei e ordem.

– Lembre-se daquela praça, monsieur. Pense em todas as pessoas que matou nela. Deixe-as de lado e pense na sua própria vida. Será que esse "talvez" que acaba de dizer vale todo o seu empenho? Além do mais, matou aquelas pessoas como parte de uma *overture*, esperando

que o resto viesse por inércia. Tudo o que me disse está bem claro, mas só esta... só esta pergunta permanecerá obscura para mim até o fim da minha vida, monsieur. Por quê?

•

Quando ele foi arrastado por cinco soldados armados com baionetas para a cela na Prisão Bekiraga, Charles pensou: *Está feito. Tenho o ambiente que eu esperava.*

Um pé direito de três metros e meio, uma janelinha – quer dizer, um buraco na parede – grades de ferro até o teto, uma cama suja num canto com um colchão cuja palha estava saindo, um cobertor fino, chão de pedra – molhado por uma razão desconhecida – e dois soldados postados à porta de ferro com a portinhola aberta... Era exatamente essa decoração que Charles esperava como resultado da natureza de sua profissão.

Quando ele se sentou na cama, a primeira pergunta que se fez foi: "Onde e como está Anna?" Por alguma estranha razão, confiava em Rüstem e na promessa que ele lhe fizera. Está bem, ela não seria enforcada, mas onde estava ela agora? O que lhe tinham feito? No que ela estaria pensando? Nem vinte e quatro horas tinham se passado desde que ele fora separado dela, mas essa separação parecia ter ocorrido séculos atrás. Era a segunda vez que eles vivenciavam uma situação assim. Na anterior, eles ainda não eram casados. Mas agora eram. E Charles estava disposto a aceitar ser enforcado no dia seguinte só se pudesse vê-la pela última vez. Então, pelo menos ele não teria que ficar sentado ali à espera da execução. Ele poderia vê-la, decorar todos os seus traços com fome no olhar, sorrir para ela, gravá-la em sua memória e morrer sufocado com aquela única imagem na mente. Desse modo, ele estaria livre desse peso chamado vida.

Ele recordou a pergunta de Rüstem: Por quê? Nem Charles sabia a resposta, como poderia dá-la a Rüstem? Quando ele se fez a pergunta, sua mente ficou girando em torno do pensamento das moedas de ouro. Em outras palavras, em torno de Anna. O que essas moedas de ouro poderiam significar a não ser poder viver com Anna?

Ele enrolou o paletó como um travesseiro e deitou no colchão que exalava um odor doentio. Eles não enforcariam Anna, mas o que fariam com ela? Ela seria libertada? O que Anna faria? Talvez retornasse para a Bélgica. Ela pensaria no corpo dele que estaria apodrecendo a milhares de quilômetros dali? Pensaria. Ela pensaria na casa em Antuérpia? Claro. Ela pensaria. Ela conseguiria se apaixonar por outra pessoa? Charles deu uma resposta definitiva a esta pergunta: *Não! Não se apaixonaria.* Isso não era possível! Suicídio? Anna se mataria? Bem, esta era a resposta mais provável. Ele até podia imaginar o método que ela escolheria. Entraria numa banheira e, deitada na água quente, localizaria com seus olhos sonhadores e melancólicos as veias azuis sob a pálida pele de mármore antes de usar a lâmina sem um piscar de olhos. *Ela estaria tão determinada quanto fica ao barbear meu rosto depois de uma noite de amor apaixonado.*

E depois disso? O espírito de um homem que foi enforcado e apodreceu em Istambul e o de uma mulher que morreu e apodreceu em Antuérpia se encontrariam novamente em um lugar desconhecido? Afinal, teriam eles espíritos ou almas? Existiria tal lugar? E, se existisse, lá Charles depararia com a mesma pergunta – por quê? – também? As vinte e seis pessoas que morreram teriam sentido esse tipo de amor ou ainda sentiriam se tivessem

sobrevivido? Talvez essas pessoas fossem esguias e morenas como os guardas diante da porta e provavelmente tinham sobrancelhas grossas e grandes olhos escuros como Hristofor e Robina. Também teriam um espírito?

Agora ele não tinha um futuro, como sempre quis ter. Algo como nada. A sensação era tão forte que ele nem se importava com o fedor do colchão. Não se importava com as teias de aranha no teto nem com o sono sombrio carregado de sonhos que o atormentavam. Ou com as ondas de calor. Três vezes mais quente. Um sono infernal...

•

"Acorde, estrangeiro maldito!" Estas palavras despertaram Charles toda manhã durante três longos meses. De fato, o que passava pela cabeça dos guardas com baionetas não era muito diferente do que um dia passara pela cabeça do superintendente Cevat. Eles só não conseguiam entender por que tantos guardas, carros, o promotor-chefe e todos os outros promotores estavam trabalhando por este homem e, acima de tudo, eles se irritavam quando viam as toneladas de arquivos e documentos que eram desperdiçados por causa dele. "Deviam entregar a nós esse sujeito que quis tirar a vida do sultão e nós o faríamos em pedacinhos no ato", se tornara a declaração mais popular na Prisão Bekiraga.

Charles estava um desastre. Seu cabelo e sua barba tinham crescido e sua aparência estava péssima. Era constantemente levado a lugares e trazido de volta. O embaixador belga o tinha informado abertamente do possível resultado:

– Que espécie de castigo acha que receberia se cometesse um crime similar na Europa? O mesmo acontecerá aqui. O que espera?

Nas audiências no tribunal, seus olhos tentavam inutilmente ver Anna, mas nunca foi possível. Ele tentava se concentrar e dirigir toda a sua atenção para a porta da sala e, toda vez que via uma europeia, seu coração falhava até ele perceber que não era Anna.

Ele não se lembrava com quantas pessoas fora confrontado durante os trabalhos da comissão de investigação. Alunos de Anna, clientes que iam ao escritório da Singer, cocheiros, barqueiros, Latifet, o marido dela, o dono da Doceira Toma, funcionários de hotel e centenas de outras pessoas que estavam presas ou não... Todo esse trabalho era executado com solenidade, cada detalhe era registrado e, com o tempo, as pastas se empilharam nas mesas da comissão.

Estava mais frio. Charles deitava na cama que estava com um cheiro pior ainda e se embrulhava no cobertor que servia de casa para incontáveis parasitas. Ele ficava analisando com sua mente de funcionamento lento todas as possibilidades, talvez pela milésima primeira vez, e, no fim, ele não adormecia, mas se rendia ao sono.

Finalmente, a decisão que ele esperava foi tomada. Os turcos chamaram de "execução". Esta foi a única palavra que ele entendeu enquanto ouvia a longa decisão da corte que foi lida em voz alta. Execução. Bem, o que mais ele poderia esperar?

•

– Minha querida Fitnat, você viu o que aconteceu só porque eu quis ter um amante estrangeiro uma vez na vida?

Fitnat, que criticava vagamente essa atitude, sem saber se significava uma queixa ou arrogância, disse:

– Claro que vi, querida. O mundo inteiro também viu. Até os jornais europeus disseram que você é uma mulher imoral.

Latifet corou. Fitnat se perguntou se a amiga tinha corado por vergonha ou por recordar tudo pelo que tinha passado.

– Mas minha querida – continuou Fitnat –, como você não percebeu que ele era um vilão tão perigoso? Não pressentiu nada?

– Ora, nós, muçulmanas, não temos direito algum a desfrutar os prazeres desse mundo? Eu queria ter um amante secreto e assim procurei um homem que parecesse calmo e tranquilo. Se ele não fosse estrangeiro poderia ser facilmente chamado de lerdo. É impossível entender esses estrangeiros. Além disso, como eu poderia pressentir alguma coisa? Comigo, ele era dócil como um cordeirinho. Se tivesse qualquer suspeita a respeito dele, eu teria feito o que fiz sabendo pelo que teria de passar depois?

Fitnat queria dizer: "Sim, teria feito de qualquer maneira", mas ficou de boca fechada. Então ela pensou que talvez a amiga realmente pudesse ter agido de outra maneira. Não queria acusá-la injustamente e cometer um pecado. Ela guardou para si seus pensamentos e perguntou a Latifet:

– O que vai fazer agora? Ou seja, agora que o senhor Refik se divorciou de você...

– Eu não sei – respondeu Latifet. – Quem vai me querer depois de tudo que aconteceu? E, após uma pausa, ela continuou: – Na verdade, mais homens parecem interessados em mim ultimamente.

– Como assim? – perguntou Fitnat, estupefata.

– Minha querida Fitnat, não vai acreditar, mas aparentemente há pessoas que consideram esse homem um herói. Imagine... eu fui amante de um herói. Sabe, junto veio certa fama. E eu também percebi que os homens gostam de mulheres ligeiramente misteriosas. E agora eu sou um pouco misteriosa. Mas vamos ver primeiro como as coisas vão terminar.

– Terminar? – quis saber Fitnat horrorizada. – Ah, sim. Agora entendi. Terminar!

•

Exatamente uma semana depois que Charles pescou a palavra "execução" em meio a tantas outras uma voz familiar o despertou. Era a voz do albanês Rüstem:

– Acorde, monsieur Jorris! O que houve? Acorde, por favor!

Ele levantou um pouco o cobertor que cobria sua cabeça e viu Rüstem olhando para ele obviamente desgostoso. Sem se levantar, Charles perguntou:

– Estava esperando alguma coisa, monsieur Elbasani? – E acrescentou: – Tem um cigarro?

Rüstem tirou a cigarreira do bolso interno, pegou um cigarro cuidadosamente e o entregou a Charles, que o segurou com dedos trêmulos. Depois, ele o acendeu. Charles deu duas tragadas sem se levantar. Ele inalou e soltou a fumaça com toda a força dos pulmões. Depois se sentou devagar na cama.

Rüstem o avaliou detalhamente mais uma vez.

– Não. Desse jeito não vai funcionar.

– O que não vai funcionar, monsieur? – falou Charles com voz sonolenta.

– Não pode ir desse jeito ao lugar onde temos de ir. Não posso levá-lo nessas condições.

Rüstem estava misterioso. Chamou os guardas que estavam parados diante da porta.

– Levem o cavalheiro ao banheiro da prisão, esperem ele se lavar. Depois ele deve fazer a barba. Queimem toda a roupa dele num barril. Depois levem-no à sala do comandante embrulhado na toalha.

– Sim, senhor!

– Não se esqueçam de cortar as unhas dele – acrescentou Rüstem. – Ele deve ficar totalmente limpo!

– Sim, senhor!

Uma hora e meia depois, Charles estava na sala do comandante da prisão de tamanco e com uma toalha amarrada em volta da cintura. Rüstem sorriu.

– Agora está parecendo um ser humano! Puxa, estava horrível quando acordou. Eu comprei roupa de baixo e trouxe algumas roupas para o senhor. Acho que vão servir. Agora vista-se depressa. Preciso levá-lo imediatamente. Estão nos esperando.

Charles fez o que o outro mandou. Enfiou as roupas rapidamente. Rüstem tinha trazido até um chapéu-coco. Quando ele pôs o chapéu, foi tomado por uma sensação estranha. Era óbvio que Rüstem não o estava levando para ser executado. Mas aonde? Por que queria que ele parecesse um ser humano de novo?

Ele deu uma olhada na sua imagem refletida no espelho de corpo inteiro que tinha na sala. Devia ter perdido alguns quilos. O paletó estava um pouco largo e as maçãs do seu rosto estavam emaciadas. Ele perguntou a Rüstem:

– Aonde vamos, monsieur?

– Não posso dizer, mas vai ver logo.

Agora caminhava apressado pelos corredores da Prisão Bekiraga – ele não se lembrava como tinha chegado lá – acompanhado por Rüstem e dois guardas. Quando chegaram à porta que dava para o pátio, Charles reconheceu a mesma carruagem onde ele e Anna foram colocados em Gedikpasa. Havia policiais montados ao lado dela. Rüstem apontou para a porta e mandou Charles entrar, enquanto se sentava ao lado do condutor.

Os veículos da prisão eram feitos de tal modo que, de seu interior, não era possível ver o lado de fora. Contudo, os sons diziam a Charles que eles estavam passando pela cidade. O barulho de carruagens misturado aos gritos dos vendedores, o zumbido desta cidade enorme entrava no veículo. Após meia hora, o barulho começou a diminuir. Deviam estar numa área mais calma. O vento que trazia o cheiro do mar fez Charles tremer. Rüstem não tinha trazido seu sobretudo. Depois de uma viagem de uns quarenta e cinco minutos, o carro parou.

Ele ouviu o rangido de um enorme portão de ferro sendo aberto devagar. Depois os cavalos retomaram a marcha por mais dois ou três minutos. E se detiveram.

Rüstem abriu a porta:

– Saia, monsieur. Chegamos.

Primeiro Charles viu um jardim imenso com muitas árvores altas. Passarinhos piavam por toda parte e o ar fresco era envolvente. Os prédios no jardim estavam dispostos sozinhos ou em grupos. O lugar estava no alto. Quando se olhava para baixo, se via o mar. Até a Torre da Donzela estava visível. Se não houvesse um pouco de nevoeiro, seria possível ver até Üsküdar. Um oficial – orgulhoso em seu uniforme especial – mostrou a entrada do gazebo. Charles olhou automaticamente para Rüstem, que disse:

– Entre, monsieur. Eu só posso acompanhá-lo até este ponto.

Charles estremeceu e seu cabelo ficou arrepiado. Ele não queria ir a qualquer lugar deste país onde Rüstem não podia entrar. O alto oficial lhe mostrou a porta novamente e, dessa vez, parecia impaciente. Charles deu alguns passos vagarosamente e passou pela porta ornamentada. Deu mais alguns passos pela passadeira vermelha e entrou pela primeira porta à direita. O oficial disse respeitosamente:

– Senhor, a pessoa que mandou chamar está aqui.

O homem de meia-idade sentado a uma mesa pequena, mas lindamente decorada, disse:

– Muito bem. Pode sair, senhor Riza.

Charles ficou cara a cara com o paxá Tahsin, o primeiro secretário, sem saber exatamente quem era aquele homem. Era um paxá turco. *Estou na presença de um paxá turco,* ele pensou.

O paxá mostrou a Charles uma cadeira com assento de veludo diante de sua mesa.

– Por favor, sente-se – ele disse. – Sente-se porque terá de esperar um pouco.

Esperar pelo quê? Charles obedeceu e sentou timidamente, olhando o paxá meio encoberto pelos documentos sobre a mesa. De fato, ele também olhava para Charles de vez em quando. Passou meia hora, mas cada minuto parecia um ano e eles não trocaram outras palavras.

Logo o som de passos que desciam do andar superior se aproximou. Som de botas. O par de botas caminhou até a sala onde Charles aguardava. A porta foi aberta e outro alto oficial apareceu.

– Senhor, Sua Alteza o sultão vai aceitar esta pessoa na presença dele.

O paxá Tahsin se levantou de um salto e disse:

– Levante-se, monsieur, e siga-me.

E se encaminhou apressadamente para a porta.

Charles o acompanhou como um cadáver ambulante.

•

O paxá subiu a escada de madeira até o segundo andar, com Charles no seu encalço. Eles se dirigiram para a sala que ficava em frente ao topo da escada. O paxá parou e disse:

– Monsieur, Sua Alteza o sultão falará com o senhor a sós.

Ele fez sinal para Charles entrar. Tremendo de surpresa e hesitação, Charles agarrou a maçaneta e abriu a porta com dificuldade. Quando entrou na sala que era tão grande quanto "um salão burguês europeu", de início ele não viu ninguém. A sala tinha uma decoração sem luxos, mas elaborada. A escrivaninha estava atolada de livros e pastas. Charles parou petrificado.

– Pode entrar, monsieur Jorris – disse uma voz cortante.

Foi só então que Charles olhou em direção à voz e viu o homem de meia-idade que estava em pé olhando para o pomar lá fora. Depois ele se virou para Charles e apontou para o meio da sala.

– Entre.

Era ele. Charles tinha visto este homem de longe em Yildiz. Não, isso não era ver. Na verdade, ele o conhecia através de fotografias e retratos. Mas ele parecia bem mais velho agora do que a imagem retratada nos quadros. Com certeza era ele.

– Por que está tão surpreso, monsieur? – perguntou o homem.

Ele tinha um estilo floreado de falar. Charles entendia o turco que ele falava com muita dificuldade. E ficou em silêncio. O que poderia dizer?

– Não pareço tal como me descreveram ao senhor? Isto é, não pareço o selvagem babando sangue? Ou imaginava um Sultão Vermelho de verdade, com barba e cabelo ruivos?

Charles balbuciou:

– Não... não, Excelência. Eu já o havia visto em fotografias e retratos.

Foi tudo o que ele conseguiu dizer. Não sabia o que fazer com as mãos e não sabia como se dirigir a este homem. Ele achou uma sorte ter lembrado a palavra "excelência".

– Há quanto tempo está fora da Bélgica, monsieur? Seu turco demonstra que faz muito tempo.

Charles pensou um pouco. Que pergunta estranha.

– Faz quase quatro anos e meio, Excelência.

– Passou este tempo todo aqui em Istambul?

– Sim, Excelência.

– Estava desempregado na Bélgica?

– Sim, Excelência. Estava impossível encontrar trabalho na Bélgica.

– Talvez pelo fato de ser anarquista?

De repente, Charles ficou extremamente constrangido. Seu embaraço não tinha nada a ver com esta conversa. A palavra "excelência" que o tinha acalmado de início agora lhe causava vergonha. Não era a palavra certa.

– Minha identidade como anarquista? – perguntou.
– Sim, Majestade, talvez tenha tido um papel importante.

Isso! Esta era a coisa certa a dizer: majestade. O ligeiro sorriso que se formou no rosto do sultão confirmou a descoberta de Charles.

– Então, monsieur, corrija-me se eu estiver errado. As pessoas não lhe ofereciam emprego na Bélgica porque era anarquista, mas não tiveram problemas em lhe oferecer trabalho em meu país. Está correto?

– Sim, Majestade. Pode-se dizer que sim.

– Estranho – disse Abdulhamid coçando a barba antes de se sentar. Charles, por outro lado, continuou em pé no meio da sala.

– Também não acha isso estranho, monsieur?

– Perdão, Majestade. Não entendi.

– Eu quis dizer que o consideram perigoso demais para trabalhar em seu próprio país. A ponto de ser deixado à míngua... Mas em nosso país o fato de ser perigoso repentinamente se torna inválido. Também não acha isso um pouco estranho?

– Eu nunca pensei no assunto sob esse ângulo, Majestade. Mas tem razão. Sim, é muito estranho. Talvez quisessem que eu ficasse longe.

– Parece que seu lado perigoso, que exibiu ousadamente aqui, não era tão significativo para eles. Isto é, um perigoso anarquista na Bélgica podia se transformar num instrumento útil na capital otomana, certo?

Charles ficou em silêncio.

– Acha que agiu de maneira útil, monsieur?

– Não – disse Charles. – Eu nunca pensei assim, Majestade.

– Então agiu sabendo que era nocivo. Não é verdade, monsieur?

– Eu disse isso tanto para a resistência armênia quanto para a comissão de investigação, Majestade. Sinceramente, era o que eu pensava.

– Mesmo assim, fez o que fez.

– Sim, Majestade. Fiz.

– Eu estou governando este país há trinta anos, monsieur. Se eu despedaçasse 26 pessoas em praça pública, diante de todo mundo, pode acreditar que uma nova Cruzada teria início imediatamente. Exércitos estrangeiros já estariam pressionando nossas fronteiras e as marinhas de outros países já teriam bloqueado nossos portos. Sabe como descrevem o senhor?

Charles não sabia o que dizer. Estava ficando bravo, porque sentia que estava no meio de um jogo de gato e rato.

– Como sabe, Majestade, estou preso em Bekiraga. Por isso não sei a resposta.

O sultão largou a caneta em cima da mesa como se ela queimasse seus dedos. Talvez tenha sido o único sinal que indicava que ele estava ficando irritado.

– O senhor é descrito como "um herói que merece uma estátua". Dizem que é "o salvador do povo otomano", monsieur. Acha que têm razão? Isto é, o senhor é um herói?

– Não, Majestade, não sou.

– Então está me dizendo que fez aquilo apenas pelo dinheiro?

– Sim, Majestade.

Abdulhamid não disse nada por uns minutos. Ocasionalmente dirigia o olhar para o pomar e às vezes também olhava para Charles.

– Também temos outra perspectiva – ele acabou dizendo. – Suponhamos que tivesse executado esse serviço sem ser pago e que atingisse seu objetivo. Teria realmente salvado o povo otomano? Em outras palavras, teria realmente se tornado um herói?

– Não, Majestade.

– Por que não, monsieur?

– Porque se o senhor tivesse perecido na explosão um caos enorme teria se instalado e as pessoas que me pagaram teriam sido as mais prejudicadas em consequência da desordem. Eu disse isso a elas. E, se outro sultão guiado pelos Jovens Turcos subisse ao poder, nada teria mudado. Além disso, as coisas teriam ficado muito piores.

– Como chegou a essa conclusão, monsieur?

– Há trinta anos o senhor é o sultão, Majestade. Trinta anos é tempo suficiente para ensinar um governante o que ele pode fazer e também o que não pode. Mas os donos novos do poder nunca são assim. Eles acham que podem fazer o que quiser e essa é uma convicção perigosíssima, Majestade.

Satisfeito com as palavras que ouviu, Abdulhamid sorriu. Então ergueu a mão direita ao dizer:

– Mas não pensava que não ter governantes era melhor, monsieur Jorris?

– Eu costumava pensar assim, Majestade.

– Por que mudou de opinião?

– Agora penso de modo diferente porque percebi que, mesmo eliminando mil governantes, o povo encontrará outro para governá-lo.

– Teria feito a mesma coisa para se livrar do rei da Bélgica em troca de duas mil e quinhentas moedas de ouro, monsieur?

– Não, Majestade.

– Por que não?

– Porque não encontraria um lugar onde pudesse gastar o dinheiro. Eu seria encontrado e preso onde quer que estivesse. Então, não seria uma boa ideia fazer isso, Majestade.

– Mas, se eu tivesse morrido com a bomba, o senhor teria conseguido viver como herói em muitos locais da Europa. Não é verdade?

– Provavelmente, Majestade.

– Então o senhor, um homem que fez explodir uma bomba de noventa quilos no meio de uma multidão enorme, teria subitamente se tornado o salvador do povo oprimido.

– Talvez, Majestade.

– E, se pedíssemos que fosse entregue a nós, a Europa inteira protestaria, impossibilitando o retorno do herói. Certo?

– Muito provavelmente, Majestade.

– Além do mais, o dinheiro que recebeu por esse serviço não seria muito em comparação com o que ganharia depois. Os principais jornais pediriam que escrevesse artigos e seria convidado a dar palestras no continente europeu.

– Essas coisas nunca me ocorreram, Majestade.

– Não ocorreram porque é um amador, monsieur. Escute... Nos últimos trinta anos, na verdade a cada hora, minuto e segundo, eu tenho enfrentado a situação que o senhor aceitou como estranha. Estou tentando manter a Arca de Noé à tona. Mas o que vejo? Um asno inicia um incêndio num celeiro e o elefante está comendo a madeira. Todos, menos eu, estão prontos para ser o salvador dos oprimidos na arca e eu sou chamado de tirano porque a mantenho flutuando. Mas continuam a dizer: "Deixe que afunde! A arca é velha demais!". Mas o que vai acontecer a todos que estão na arca, monsieur? Uma arca nova já ancorou no porto para receber e levar os que estão na nossa arca e não percebemos? Não, monsieur. Deixe-me lhe dizer o que vai acontecer. Vão promover uma carnificina. E quando a matança acabar, e após um período de tempo, diferentes países virão resgatar grupos diversos quando as pessoas estiverem tão miseráveis que se agarrarão a qualquer um que pensem ser seu salvador? Rússia, França, Grã-Bretanha e até a Alemanha. Não acha que duas mil e quinhentas moedas de ouro são um preço pequeno demais a pagar, monsieur? E, depois que tudo isso tiver acontecido, até o senhor poderia ser considerado inocente. As pessoas esqueceriam que foi o senhor que pôs fogo no celeiro. E, acredite-me, elas até diriam: "Ele matou um tirano, mas não previu as consequências. O que ocorreu é culpa exclusiva daqueles que se mataram entre si". O senhor é muito jovem. Um dia também perceberá tudo isso.

A última frase do sultão caiu como um balde de gelo em Charles.

– O que quer dizer, Majestade? – ele disse involuntariamente. As palavras saíram de sua boca sem controle e vagaram pela sala.

– Ouça, monsieur – disse Abdulhamid. O senhor tem idade e maturidade suficientes para calcular certas coisas, mas aparentemente não é bom em negociar. Vou tentar explicar meu ponto de vista. Que benefício teremos executando o senhor? Graças a Deus ninguém duvida que ainda temos o poder de fazer isso. Mas por que eu mandaria enforcar um homem jovem e fazer todo mundo esquecer alguém que causou esse incidente pavoroso por causa de dinheiro? Por que eu permitiria que fosse transformado num herói equivocado? Por que eu daria material para os jornais europeus?

Charles oscilava para a frente e para trás quando tentava ficar imóvel. Não, não era a sala ou a mobília se mexendo. Era ele que estava balançando.

– Nós temos um caráter curioso, monsieur Jorris. Se não fôssemos curiosos, não teríamos sido capazes de manter a arca flutuando por trinta anos. E o senhor é um homem que não conseguiu encontrar seu lugar nesse mundo pequeno. Nós somos curiosos e interessados. O que é o socialismo? Quem são os socialistas? O que é o anarquismo? Quem são os anarquistas? E como eles influenciam as grandes potências? Estes grandes países sempre serão grandes? Se sim, então parece que o mundo sofrerá por um tempo mais longo. Se não, então como será o mundo? Aqui temos um ditado: "Um cupim tem a essência da madeira". Então o senhor é um cupim comendo essa árvore, monsieur? Não leve para o lado pessoal. Estou falando dos anarquistas e dos socialistas. Pelo que entendo, o senhor é inteligente e eu vou lhe conceder uma nova vida. Eu vou mandar o senhor e sua esposa para a Bélgica. Vou lhe dar um salário. Quando sair daqui, o paxá Tahsin lhe dará algum dinheiro. E o senhor demonstrará sua gratidão à minha pessoa enviando regularmente relatórios sobre os "cupins corroendo a madeira" se, é claro, houver algum nessa árvore. Outra questão tem relação com a Irlanda. Também esperarei relatórios seus sobre a Irlanda. Então, o que me diz, monsieur Jorris? Este acordo não é muito mais justo do que aquele que fez com o pessoal da resistência?

Charles escutava atentamente. Ele ouviu cada palavra dita pelo sultão. Sim, ele concordava. Mas estava totalmente incapacitado de dar uma resposta. Uma bola de fogo desceu do seu cérebro para a barriga e foi minguando no caminho. A bola foi descendo mais, puxando-o para baixo. Isto é o que chamavam "apagar". Se não conseguia mexer braços e pernas, menos ainda a língua. Seu rosto estava pálido e molhado de suor e parecia que ele ia desabar a qualquer instante.

O sultão apontou para a mesa de centro e para a jarra de água em cima dela.

– Tome um pouco de água, monsieur. Agora mesmo. Desmaiar aqui seria um escândalo. Sim, tome o resto também. Aliás, beba outro copo.

Charles foi recuperando a consciência lentamente, parado no meio da sala. O sultão não deixou de observá-lo.

– Parece que não estava esperando uma proposta assim, monsieur.

– Eu baseei todos os meus planos na minha execução, Majestade.

Abdulhamid caiu na gargalhada. Ficou rindo descontroladamente.

– Estava planejando em que tumba descansaria após sua morte, monsieur? O senhor faz até a pessoa mais séria rir ao dizer isso! A morte não pode ser planejada. Você apenas morre. Pronto. Acabou-se.

Foi então que Charles se deu conta de que o sultão tinha um lado irônico e brincalhão. Ele disse:

– Eu quis dizer que não considerava a possibilidade de ter um futuro, Majestade.

– Monsieur, não pode perder a esperança enquanto estiver vivo. Mas não me respondeu. Esta oferta não é mais justa?

– Sem dúvida, Majestade!

O sultão estudou Jorris como se estivesse tentando gravar a imagem daquele homem em sua memória. Subitamente, ele pegou a sineta na mesa e a tocou. O oficial abriu a porta tão depressa que deve ter ouvido a sineta antes mesmo que ela soasse.

– Às suas ordens, Alteza!

– Acompanhe o cavalheiro, senhor Riza. Primeiro ele deve falar com o paxá e depois o deixe a cargo do senhor Rüstem.

– Sim, Alteza!

Agora, Charles não adivinhava o que devia fazer. Ele fez um movimento engraçado, uma mistura de mesura desajeitada e continência. E então fez algo que tinha ouvido falar em algum lugar: saiu da sala andando de marcha a ré, sem virar as costas para o sultão.

•

Assim que Charles entrou na sala, o paxá Tahsin falou:

– Sente-se, monsieur. O senhor está tão pálido! Por favor, sente-se. Senhor Riza, peça um chá para nós, por favor. Agora, monsieur, precisamos cuidar de alguns detalhes. Sua Alteza o sultão teve a bondade de lhe conceder quinhentas moedas de ouro para despesas pequenas e para recomeçar sua vida na Bélgica.

Ele tirou uma caixa de madeira da gaveta de baixo da mesa.

– Aqui estão.

Depois deu um recibo a Charles, mostrando um espaço em branco nele:

– Por favor, assine aqui.

Charles assinou o documento. De outra gaveta, o paxá tirou um envelope que já estava preparado.

– Agora eu lhe entrego este envelope, monsieur. Dentro encontrará informações sobre para onde deve enviar seus relatórios, bem como o assunto dos cinco primeiros informes. Além disso, peço que mande seu endereço permanente e seus dados bancários para o local que está escrito aqui assim que for possível. O senhor Rüstem cuidará de todos os outros detalhes daqui em diante. Eu o aconselho a seguir à risca as instruções do senhor Rüstem até sair do nosso país e que não seja visto em lugar nenhum.

O chá com açúcar operou como um soro em Charles. Quando o paxá se levantou, ele deu um salto e apertou as mãos do homem. Colocou a caixinha de madeira sob o braço e guardou o envelope amarelo no bolso interno do paletó. O paxá deu um passo em direção à porta e ao senhor Rüstem, que já estava aguardando ali. Depois disse:

– Vá com Deus, monsieur Jorris.

•

Dessa vez, Rüstem não sentou ao lado do condutor. Depois de dizer que os levasse ao Pera Palas Hotel, ele foi para o compartimento do prisioneiro e sentou diante de Charles.

– Monsieur Jorris, hoje é quarta-feira. No sábado, vamos colocá-lo num trem que parte de Sirkeci. O senhor irá de Paris para a Bélgica por conta própria. Os bilhetes já foram emitidos. Não saia do seu quarto até sábado, quando iremos buscá-lo. Sua Alteza o sultão foi muito bom com o senhor. Espero que, pelo menos a partir de hoje, o senhor prove que foi digno da bondade dele.

Charles abriu a boca para dizer alguma coisa, mas só saíram uns sons estranhos quando o carro passou por uma pedra e sacolejou.

– Como disse, monsieur? – perguntou Rüstem.

– Anna, disse Charles. Eu disse Anna, monsieur Elbasani. Minha esposa. Onde ela está?

– Os últimos meses foram deveras difíceis para ela, monsieur. Mas não se preocupe. Ela está com boa saúde e, no momento, está esperando pelo senhor no Pera Palas Hotel.

– Então ela já está lá? Charles não acreditava nos próprios ouvidos.

– Monsieur, eu já menti para o senhor? Rüstem fingiu estar magoado.

Quando o carro se aproximou do hotel, Charles sentiu que ia morrer de emoção. Talvez por ser o único hóspede a chegar ao hotel num veículo da prisão, ele chamou a atenção de muita gente. Ele desceu da carruagem com Rüstem. Dois funcionários vieram de imediato e os conduziram até a escadaria. Charles, que seguia os passos vagarosos de Rüstem escada acima, achou que ia enlouquecer. Ele queria subir pulando dois ou três degraus e gritar pelos corredores "Anna!" Quem sabe ele devia começar a gritar já.

– Acalme-se, monsieur – disse Rüstem. – Ataques cardíacos acontecem em qualquer idade e com qualquer um. Falta pouco. Falta pouco para acontecer o impossível.

Eles foram para o segundo andar e pararam diante do quarto número 211. Rüstem ia bater, mas mudou de ideia e esperou.

– Lamento, mas preciso dizer isso, monsieur. E quero que recorde minhas palavras. As pessoas que o senhor matou na praça também tinham esposas e nunca mais poderão estar com elas.

Ele não deixou Charles responder, nem esperava uma resposta. Ele bateu duas vezes à porta e disse, em tom gentil:

– Madame Jorris, por favor, abra. Sou eu. Rüstem.

•

O quarto do hotel era bem grande. Entre duas poltronas havia um fogão a carvão que parecia uma obra de arte. Ele estava aceso. Em cima dele estava um bule de chá quase do tamanho do fogão.

Eles se sentaram nas poltronas, sem falar. Não conseguiam falar. Anna se erguia a cada quarenta minutos e perguntava polidamente a Charles:

– Quer um pouco?

Ela enchia meio copo com conhaque e completava o resto com chá. Depois disso, voltava ao seu lugar. Eles saborearam a bebida, se olharam, examinaram o teto e as cortinas, a vista do Golden Horn e a mobília no quarto. Ficaram olhando horas a fio.

E o tempo foi passando. Às vezes, um deles percebia uma lágrima no olho do outro e reagia a ela fazendo algum movimento. E quando as lágrimas viraram um rio, os dois, frente a frente, se deixaram levar por um pranto de soluços quase silenciosos. Quando finalmente pararam de chorar, um sorriso ínfimo, que só podia ser detectado por olhos perscrutadores, surgiu e desapareceu rapidamente de seus lábios.

Eles não sabiam que horas eram. A garrafa de conhaque e o bule de chá estavam vazios. Anna ficou em pé com dificuldade e disse:

– Vamos nos deitar, Charles.

Charles fez esforço para se erguer. Enquanto lutava para se levantar, ele caiu como um tronco no chão. Bêbada e atônita, Anna ficou olhando para ele. Ela soluçou. Subitamente, sorriu como uma demente. Fechou a boca com a mão. Oscilando para os lados, ela tentou pensar no que fazer. Mas não conseguiu achar uma solução. Então, se deitou ao lado de Charles e colocou a cabeça na barriga dele. Assim que encontrou seu travesseiro, ela adormeceu.

Primeiro, o chamado à prece penetrou no sono deles e eles se mexeram ligeiramente. Depois, o barulho de um barco cruzando o Golden Horn perspassou a névoa matutina e chegou aos seus ouvidos. Eles sentiam frio. Seus corpos estavam rígidos. Suas cabeças doíam e seus olhos estavam injetados. Eles se entreolharam com os olhos injetados. E levantaram, um servindo de apoio ao outro.

Um despiu o outro com dificuldade. Uma peça de roupa tirada de um, depois uma peça tirada do outro. Eles deram passos incertos em direção à cama que comportava cinco pessoas. Lutaram para tirar a colcha grossa, que parecia ser feita para usar nos polos. Eles se aninharam embaixo das cobertas. Depois disso, desceram juntos por um poço sem fundo.

Charles estava tocando tambor em Antuérpia. Ele tinha dez anos. Tinha certeza de que tinha dez anos porque seu aniversário era no dia seguinte. Ele fazia parte da banda da escola. Precisou brigar com dois meninos para poder tocar tambor na banda. Venceu. O rei ia visitar a escola e o som da banda era alto porque o tambor de Charles iria saudar o rei.

– *Bum, bum, bum*! Abra a porta, monsieur Charles! *Bum, bum*!

Charles abriu os olhos. Ele se perguntou qual das duas realidades era na verdade o sonho. Quando conseguiu sentir seu corpo, soube a resposta. Pôs as cobertas de lado. Estava usando ceroulas de lã. Provavelmente, Rüstem as comprara pensando na estação.

– *Bum, bum*! Abra a porta, monsieur!

Charles foi até a porta. Ele oscilou. De repente, sentiu uma fome imensa. Abriu a porta. Era Rüstem.

– Monsieur, achamos que tinha algum problema! Por que demorou tanto?

– Tanto? Quanto tempo? – gaguejou Charles.

– Monsieur, talvez não tenha percebido, mas se passaram vinte e quatro horas desde que o trouxemos para cá.

– É mesmo? – Charles arregalou os olhos.

– É mesmo – disse Rüstem com voz grave. – Sua esposa está bem?

Charles se virou e olhou para a cama. O cobertor se mexia a um ritmo regular.

– Sim – disse ele. – Ela está bem. Sinto muito se o assustei.

– Então está certo – falou Rüstem. – Durma bem até amanhã à noite!

Ele puxou a porta e a fechou.

Charles sentiu de novo a pontada de fome assim que a porta foi fechada. Ele não tinha comido nada nas últimas trinta e seis horas. Foi até o banheiro e jogou água no rosto. Enquanto caminhava até a cama, ele secou o rosto. Chamou a mulher pelo nome duas vezes. Ouviu um "sim?" sonolento embaixo dos cobertores.

– Anna, estou faminto.

– Eu também.

– O que fazemos?

– Tem uma corda ao lado da porta, Charles. Puxe-a e alguém virá perguntar o que queremos. Peça café da manhã para dois.

Como um robô, Charles fez tudo o que ela disse. Quando voltou para o quarto, viu Anna sentada nua na cama. A nudez dela o fez desejar abraçar seu corpo e chorar.

•

Eles devoraram o café da manhã com um apetite carnal.

– Eu queria ter cigarros – falou Charles.

– E tem – respondeu Anna. – Sua cigarreira está no bolso dianteiro da maleta. Eles devolveram tudo, menos o revólver e as moedas de ouro.

Charles sentou outra vez. Abriu a cigarreira, pegou um cigarro e o acendeu. Ele esperou a sensação de queimado no dedo antes de apagar o fósforo, que jogou no cinzeiro. Pôs o dedo chamuscado na boca.

– O que é isso?

Ele não tinha certeza se a pergunta era para ele mesmo ou para Anna.

– O que quer dizer?

– Isso! Tudo isso. Pense, Anna. Já ouviu falar de alguém que fez o que nós fizemos ou metade do que fizemos e sobreviveu?

– Pensei nisso o tempo todo enquanto esperava você, Charles. Isso se chama política. A política conhece malucos. Malucos como eu e você. Política e malucos estão em contato. E os malucos devem sobreviver pelo bem da política. Não temos como saber por que ou como isso acontece. Pode haver muitas razões. Acho que não entendemos nem um décimo disso. Eles apenas dizem: "Deixe que vivam". Havia um ditado na Roma antiga: "Deixar o inimigo abatido e na miséria o ferirá mais do que matá-lo". A política não faz isso de modo planejado, é claro. A política não tem prazer em nos ferir. Não somos tão importantes, Charles. A política apenas trilha seu próprio caminho.

– Ora, Anna! A política está em toda parte, assim como as execuções. Por que nos deixaram vivos nesse ponto e dessa maneira? Esta é a minha pergunta.

– Você falou com ele. Eu, não. Como ainda não entende? Não sabe o que ele fez aos Jovens Turcos? Não sabe que ele adora atrair quem se destaca, oferecendo cargos, títulos e dinheiro e passando aos outros a mensagem: este é o preço das suas convicções! Não vê que esse método é muito mais eficiente que todas as execuções? Além disso, conosco era mais fácil. Não era dinheiro que queríamos? Quinhentos em vez de dois mil e quinhentos. Junto com uma réstia de vida. Leia um pouco de história, Charles. Aqui não é a capital do império franco. Aqui é Roma Oriental. Se as condições fossem favoráveis, ele até poderia fazer de você o chefe dos centuriões de Roma. Só isso. É por isso que continuamos vivos. Pelo menos, é nisso que consigo pensar. Além do mais, por que vou me dar ao trabalho de ficar pensando? Não quero passar a vida inteira pensando nisso, Charles.

– Como quer passar sua vida, Anna?

– Acredite, Charles. Boa parte dela já passou. Nós envelhecemos. Quero passar o tempo tricotando junto à lareira, lendo livros, fazendo picles e tendo filhos. E também esperando que a "Roma Oriental" dure bastante.

– É isso mesmo, Anna! – gritou Charles. – Como sempre, senhoras e senhores, ouviram uma longa tirada de Anna. – O discurso dela foi comprido, mas totalmente certo, como de costume. A tirada de uma bárbara. Anna, a bárbara. Só que ela não pareceu ser louca. Então, como esta senhora bárbara quer passar os dois dias de cativeiro neste quarto?

Anna sorriu como uma gata selvagem.

– Quero sentir que estou viva, Charles – disse ela e acrescentou: – Na cama. Claro que quero passá-los na cama.

•

Era junho de 1906. Anna e Charles estavam em sua casinha com jardim grande em Antuérpia.

O ex-superintendente da polícia Cevat fumava um cigarro no Lago Manyas. Já não lia mais para Fikriye os artigos de jornal sobre o incidente. Ele tinha orgulho dos cavalos que criava para o exército.

O albanês Rüstem estava em Paris, de olho nos Jovens Turcos.

Pomac Necmi se tornara o novo superintendente da polícia, embora ainda sentisse um peso na consciência por causa de Cevat.

O tenente-professor Ahmet Refik viajava numa carruagem ao longo do Bósforo. Ele segurava um valioso vaso chinês, cuidadosamente embalado, que era pequeno, mas caro demais para um tenente de salário modesto. E cuidava para que ficasse inteiro. Era seu presente para "o mestre".

Seria sua primeira visita àquela casa. De fato, o prédio tinha sido terminado recentemente. O "mestre" se esforçara muito para deixá-lo bonito. Tinha estudado desenhos de várias casas por meses. Ele mesmo tinha desenhado sete ou oito projetos detalhados. Queria que a casa ficasse como um delicado vaso chinês no meio de um pomar com vista para o Bósforo. Elegante e frágil. Um "ninho de passarinho". Portanto, tinha sido fácil para Ahmet Refik decidir que presente dar a ele. O que poderia ser melhor do que um pequeno, elegante e frágil vaso chinês? Agora tudo o que ele queria era que este vaso, que se movia no seu colo com o sacolejar da carruagem, chegasse intacto a seu destino.

O senhor Ahmet Refik desceu da carruagem na aldeia de Kayalar. Ele quis andar pelo cemitério, respirar o ar puro e fazer suas pernas, que não estavam em forma muito boa, se exercitarem. Estava muito emocionado. Admirava o mestre, mas nunca se sabia como ele iria se comportar. Às vezes, ele tratava as pessoas como se fosse um amigo ou irmão, e outras parecia tão distante que não surpreenderia se perguntasse se já se conheciam. Naturalmente, tal comportamento abalava seus jovens admiradores. Quando o mestre não estava de bom humor, Ahmet Refik sempre prometia a si mesmo que nunca mais o visitaria, mas logo quebrava essa promessa. Sempre voltava. Para sua surpresa, o mestre o recebia calorosamente na vez seguinte, fazendo o rapaz se envergonhar de seus pensamentos e tribulações. *Quem sabe o que estaria preocupando o mestre na visita anterior,* pensava o jovem, chateado por ter acusado injustamente aquele grande homem.

Ao subir a ladeira íngreme com pavimento de pedra, ao longo do Cemitério de Kayalar, ele se perguntou como seria tratado naquele dia. De vez em quando parava, olhava para o mar e respirava profundamente.

Finalmente, a casa construída ao estilo vienense após exaustivas pesquisas e estudos apareceu diante dos seus olhos assim que ele fez uma curva na estrada.

Um verdadeiro ninho de passarinho, ele pensou com inveja. A casa era mesmo adequada ao mestre. Pessoas singulares merecem casas singulares. Ele repetiu esta frase algumas vezes. Gostou do som dela. Podia repeti-la para o mestre.

A Faculdade Robert estava fechada para os feriados, então o mestre provavelmente estava em casa. Ele segurou a aldrava como se esta fosse um bibelô delicado e bateu suavemente à porta. Ele achava que a empregada atenderia. Só que foi o próprio mestre quem abriu a porta, vestindo um macacão. Aparentemente, estava fazendo algum conserto.

– Oh, senhor Ahmet Refik! Que surpresa boa.

Ahmet Refik respirou fundo. Estava aliviado.

– Espero não estar incomodando, senhor.

– Ora, por favor! Não diga uma coisa como esta! Fala como se estivesse visitando um estranho. Não quero mais ouvir isso.

Ahmet Refik começou a elogiar a casa no ato. Disse que ela refletia o refinamento do mestre, que dentre todos os pássaros só o rouxinol era digno de ter o lugar como ninho, que as corujas deviam olhar para a casa e aprender com ela. Depois, com muita timidez, ele deu seu humilde presente, salientando que não era apropriado para o mestre ou a casa, mas que era apenas um sinal de sua admiração. O mestre desembrulhou o presente com cuidado e exclamou:

– Oh! Realmente não precisava, senhor Ahmet Refik. Estou até constrangido. E, devo dizer, uma bela escolha! Que gosto maravilhoso tem! O senhor me deixou envergonhado. Por favor, vamos para a sala. E me dê licença um minuto. Vou trocar de roupa. Fique à vontade. Minha esposa foi com nosso filho visitar a tia dela. A empregada está de folga. Hoje estou solteiro. Por favor, acomode-se.

O mestre subiu a escada. O silêncio caiu na grande sala de estar. O lugar estaria silencioso como um túmulo se Ahmet Refik não ouvisse o som de passos que faziam o piso de madeira do andar de cima ranger. Ele olhou ao seu redor. Examinou os quadros na parede, as obras de caligrafia e a bonita lareira. Esperava que todo intelectual brilhante tivesse a sorte de possuir um ninho como este. Ele se levantou e olhou tudo mais de perto. Quando ouviu os passos do mestre, voltou correndo e se sentou.

– Peço desculpas – disse o mestre. – Estava tentando trabalhar com madeira. Por isso estava vestido daquele modo.

Ahmet Refik sorriu. Era a hora certa para uma piada. Ele falou:

– Mestre, o senhor agora tem o mesmo interesse do sultão[14]?

O mestre franziu o cenho.

– Que Deus nos proíba qualquer semelhança com esse homem horrível! Não, só estava aplainando a madeira. O que posso lhe servir? Aceita um café ou um sorbet?

– Por favor, não se incomode com isso.

– Não, não. Sem discussão. Vamos tomar um bom café juntos. Gosta com açúcar, não é?

– Vai dar muito trabalho.

---

14 O sultão Abdulhamid II se interessava por carpintaria.

– Meu caro irmão, por favor! Vem até aqui para me visitar, teve todo esse incômodo e diz que servir uma xícara de café é trabalho?

Enquanto tomavam o café, falaram basicamente da casa. O mestre agradecia os elogios dizendo: "Que Deus lhe conceda em dobro". Ele também falou como o Bósforo, o cemitério e o pomar o inspiraram e mencionou especialmente o enlevo que era a névoa da manhã.

– A névoa desaparecerá um dia – disse Ahmet Refik.

– Sem dúvida, concordou o mestre.

– A névoa levantará e, no dia em que isso acontecer, este país ficará feliz e comemorará.

Ambos suspiraram. O silêncio dominou a sala outra vez.

Foi o mestre quem retomou a conversa.

– Sabe, meu jovem amigo, esses homens que organizaram o incidente do ano passado eram heróis. Principalmente o belga... como era o nome dele? Charles...

– ... Edouard Jorris – completou Ahmet.

– Isso! Um verdadeiro herói. Pense. O homem veio do país dele até aqui e detonou uma bomba, as pessoas daqui que deviam ter feito isso não mexeram um dedo. Pois é! Infelizmente, ele não teve sucesso.

– Na verdade – disse Ahmet – foi o Xeque ul-Islam quem salvou a vida do demônio. Foi apenas um golpe de sorte...

– Oh, meu Deus! – exclamou o mestre. – O senhor viverá mais do que eu. Porque disse as palavras "um golpe de sorte". Elas bem que serviriam de título ao poema que estou escrevendo. Espero poder terminá-lo e aprontá-lo para o aniversário daquele dia magnífico, para que todos possam lê-lo e ver uma vez mais como aquele dia foi importante. Para que sirva de lição...

– O senhor realmente fez um poema sobre ele, mestre? Um poema seu sobre o assunto será tão eficaz quanto a própria bomba.

– Oh, por favor! – pediu o mestre tentando parecer humilde. – Se bombas de verdade não existissem, bombas literárias não seriam úteis, não é? Uma é a coisa real e a outra é a duplicata. Uma imagem. – E, pondo-se em pé com a agilidade de um rapazola, ele completou: – Você me provocou, rapaz! Eu não tenho o hábito de recitar meus poemas para ninguém, mas hoje, neste exato momento, estou decidido a agir contra os meus hábitos. Espere!

Ele correu até o segundo andar onde ficava seu estúdio. Pouco depois desceu a escada com a mesma velocidade e entusiasmo e voltou com algumas folhas de papel.

– Aqui, senhor Ahmet Refik. Vou declamar algumas linhas do meu poema. Espero que possamos lê-lo inteiro quando estiver terminado. Mas eu penso que, através dessas linhas, todos perceberão como o incidente deve ser interpretado. O que disse minutos atrás é verdadeiramente a essência do meu poema: *Um golpe de sorte*. Agora ouça, por favor.

Parado no meio da sala, o mestre começou a ler tendo uma mão no bolso. Ahmet Refik escutava com total admiração.

Ó glorioso caçador, não construíste tua casa sem causa;
Atiraste... mas não acertaste, oh desgraça!

– Maravilhoso! – interrompeu Ahmet Refik. – Acho que todo mundo vai perceber imediatamente quem é o glorioso caçador, senhor!

O mestre corou. Fez sinal para o jovem ficar quieto.

– Tem de ouvir isto. Ouça com atenção, senhor Ahmet Refik.

Um baque... fumaça... toda uma multidão
Por uma mão, feroz, maligna, rancorosa
Como num festival, levada de roldão
Fazendo chover sangue, ossos, cabeças...[15]

15 Tradução livre de um poema de Tevfik Fikret.

Coleção

Gesto Literário

– AS PRECES SÃO IMUTÁVEIS
Tuna Kiremitçi

– VALORES DE FAMÍLIA
Abha Dawesar

– PALAVRA PERDIDA
Oya Baydar

– A CONCUBINA
GuI Irepoğlu

– UM GOLPE DE SORTE
Reha Çamuroğlu

Um selo da Sá Editora
www.saeditora.com.br

Esta obra foi composta por Eveline Albuquerque
em Palatino e impressa em papel off-set 75g/m^2
pela Graphium Gráfica e Editora para a
Sá Editora em janeiro de 2012.